블룸폰테인에서 영양사 인턴 과정을 마치고. 1983.

줄리아와 함께 파리에서. 2019.

"이거 입어봐!" 줄리아가 말했다.

"싫어, 안 입을 거야!"

내가 아무리 반항해도 줄리아는 한 발도 물러서지 않았다.

생일 파티 때마다 드레스가 너무 튄다느니 너무 화려하다느니 종알대는 나를 줄리아는 딱 무시했다.

근사한 사진들을 보면 그녀가 그래준 게 정말 고맙다. 그래서 이제는 알았다고 한다.

겁이 나는 스타일도 한번쯤은 시도해볼 만하다. 언제 또다시 그런 옷을 입어보겠는가. 영원한 것은 없다.

우리 자신이 스타일리시하지 않아도 된다. 단, 스타일리시한 친구를 찾자.

어머니와 아버지, 호주에서. 1955.

대다수 사람은 규범을 따라 산다. 내 아버지는 그러지 않았다.
그는 비범했다. 비행기로 세상을 일주하고 싶어했다.
나의 아버지 조슈아 홀드먼은 탐험을 좋아했고 자동차만으로는 성이 차지 않았다.
그래서 나는 벨랑카 비행기와 함께 자랐다. 캔버스 천으로 만들어진 이 프로펠러 비행기를
아버지는 어머니의 이름을 따 위니라고 불렀다.

아버지와 어머니가 있었기에 사막 여행이 전혀 두렵지 않았다.
하이에나가 얼굴을 뜯어먹을지 모른다는 소리를 들었을 때조차도
그저 그런 일이 일어나지 않게 침낭을 바짝 당겨 닫았을 뿐이다.

안락한 집을 벗어나서도 사는 법을 우리는 배웠다.
그래야 하는 거면 그러는 거다.
덤불숲 뒤에서 용변을 보았고 샤워는 포기했다. 사막 모래는 더럽지 않아 견딜 만했다.
부모님이 다음 갈 곳을 궁리하는 동안 우리 형제들은 책을 많이 읽었다.
안락하지 않아도 생존할 수 있다는 것을 확실하게 배웠다.
많이 갖지 않고도 살아나갈 수 있다.

킴벌과 토스카를 각각 한 팔에 보듬어 안으면 일론은 옆에 서서 걸었다.
눈코 뜰 새가 없었지만 그건 행복한 비명이었다.
서른한 살에 싱글맘이 된 내게 아이들 보살피기는 가장 중요한 과제였다.

나는 평소 입던 수영복에 머리와 화장도 직접 했다.
무대 뒤에서 순서가 배정되었다.
"첫번째는 싫어요." 첫 순서로 나가게 된 여자가 말했다.
"그럼 내가 할게요." 내가 나섰다. 나는 두렵지 않았다.

내 아이들은 열두 살 때 자신의 커리어가 될 분야에 관심을 키웠다.
아이가 열두 살이 되던 해에 처음 컴퓨터를 사줬다.
1983년이었고 컴퓨터는 아직도 아주, 아주 새로운 것이었다.
일론은 사용법을 배운 뒤 블래스타라는 게임을 개발했다.
모델 학교에 오는 대학생들에게 보여주었더니 벌써 코딩 단축키를 다 안다며 놀라워했다.

내가 운영하던 모델 및 이미지 트레이닝 학교에서 토스카도 함께 일하게 했다.
내가 연 모든 패션쇼의 의상도 담당했다. 아이가 여덟 살쯤 됐을 때였다.
딸아이는 항상 여배우 같았다. 요하네스버그에 살 때 우리는 금요일 저녁마다
소파에 모여 앉아 아이스크림을 먹으며 로맨스 영화를 보았다.
그래서 토스카가 지금 감독이 되어 영화를 직접 만들고
패션플릭스라는 회사를 차려 로맨스 소설들을 영화화화는 것이 조금도 놀랍지 않다.

어려서부터 음식을 유별나게 좋아한 킴벌은
열두 살이 되면서 요리를 도맡으며 우리 가족의 식탁을 책임졌다.
나와 식료품점에 가는 것도 좋아했다.
함께 장 보러 가면 킴벌은 피망을 집어들어 냄새를 맡아보곤 했다.
요리가 하나도 재미없던 나는 물었다.
"넌 누굴 닮은 거니?"

캐나다에서 열여덟번째 생일을 맞이한 일론. 1989.

기다렸던 여권이 드디어 도착하자 일론은 3주 후에 캐나다로 떠났다. 열일곱 살이었다. 아이가 문간에 들어서서 이렇게 말했단다. "안녕하세요? 저는 메이의 아들이에요."

출판할 원고를 읽고 의견을 말해주는 일론.

일론과 킴벌의 첫 회사 집2(Zip2)의 펀딩 성공을 축하하며. 1996.

반려견 델 레이와 함께. 2015.

바르셀로나에서 손자와 산책. 2014.

세상은 연애를 갖고 지나치게 법석을 떤다. 우정은 안 되나?
사랑에 빠져 행복할 수도 있고, 그냥 혼자서 행복할 수도 있다.
꼭 맞는 사람을 찾지 못했다면 가족과 친구, 일에서 사랑을 찾아보자.
나는 운좋게도 행복한 가족과 확대가족을 누리고 산다.
우리는 함께 시간 보내기를 좋아하고 배를 잡고 깔깔 웃는다.

메이 머스크: 여자는 계획을 세운다

MAYE MUSK

메이 머스크: 여자는 계획을 세운다

인생의 모험, 아름다움, 성공에 관하여

메이 머스크 지음 | 김재성 옮김

내 인생에 가장 큰 영향을 미친 분들께 이 책을 바친다.
나와 내 자매들과 당신이 만난 모든 여자들에게
성공할 수 있다는 자신감을 심어준,
돌아가신 나의 어머니 윈 홀드먼.

5년 동안 매일 밤 내 고충을 들어주고 내가 살던 건물의
굴뚝 수리 관련한 주택조합 재판 기간 중 격려를 아끼지 않은,
세상을 떠난 나의 언니 린 홀드먼.

평생토록 나를 보호하고 현실감각을 지켜준
나의 쌍둥이 자매 케이.

내가 하는 모든 일을 존중하고 지지해준
사랑스러운 나의 딸 토스카와 두 아들 일론과 킴벌.

늘 새로 배우게 해주고 온갖 질문들로
커다란 기쁨을 안겨주는 내 열한 명의 손주들.

온갖 희로애락과 변화를 불문하고 나를 지지해준
나의 가족과 친구들, 그리고 나의 팀.

차례

PART 2 —— ADVEN-TURE —— 모험

PART 3 FAMILY 가족

PART 4 — SUCCESS — 성공

PART 5 HEALTH 건강

머리말

위험하게, 그리고 신중하게 살아라
계획을 세우고 모험을 걸어라

비행기가 있고 탐험을 즐기는 가정에서 나는 자랐다. 우리 부모님은 GPS도 무선통신도 없는 소형 캔버스 프로펠러 항공기로 캐나다, 미국, 아프리카, 아시아, 호주 상공을 비행하셨다. 해마다 겨울이면 어린 우리를 데리고 잃어버린 도시를 찾아 칼라하리사막으로 여행을 떠나기도 했다. 지금 생각하면 다섯 아이를 거느리고 나침반과 고작 3주분의 물과 식량만으로 사막을 횡단한다는 것은 위험천만한 일이었다. 하지만 부모님은 여행에 앞서 아주 세세한 부분까지 계획을 세웠다. 우리집 가훈은 "위험하게, 그리고 신중하게 살아라"였다. 아버지는 모험을 사랑했지만 돌발 상황에 준비되어 있어야 한다는 것을 아셨다. 그래서 나도 늘 호기심이 많고 탐험을 소망하며, 준비가 되어 있는 한 모험을 할 수 있다는 것을 안다.

남아프리카공화국 사람들이 즐겨 쓰는 "농부는 계획을 세운다"는 속담을 어려서부터 귀에 못이 박히게 듣고 살았다(아프리칸스어로는 "'N boer maak'n plan"이라고 한다). 크건 작건 방향을 바꾸고 문제를 해결해야 할 때 늘 사용되는 말이다. 눈앞에 어떤 장애물이 있든 붙잡고 처리할 방도를 찾아야 한다.

본래 책 제목을 '고투와 살아남기Struggling and Surviving'로 할까 했는데 딱 그거다, 하고 무릎을 치는 이가 없어 바꿨다. 어쨌든 여러분이 이 책을 읽고 지나친 고투 없이 살아남는 쪽의 결과를 얻으면 좋겠다. 지나온 삶을 돌아보면 툭하면 일이 틀어졌고 그때마다 계획을 세워야 했다. 여자로서 계획을 세워보지만 뜻밖의 기습을 당하고 그러면 다른 계획을 세워야 한다(물론 이건 남자들에게도 일어나는 일이다).

나는 인생을 여러 번 다시 시작했고 성인이 된 후 3개국 아홉 개 도시에서 살았다. 나처럼 연거푸 다시 시작하기를 권장하지는 않지만 만일 그래야 한다면 미리 계획을 해야 한다. 모험을 감수하면 더욱 신나고 행복한 삶을 살 수 있다. 나는 모험을 많이 했고 처음에는 고생도 했지만 일과 사생활 양면에서 성공을 찾을 때까지 포기하지 않았다. 그렇다고 변화의 모든 세부 사항을 미리 계획할 필요는 없다. 문제는 그때그때 처리해도 된다. 그리고 여러 문제가 반드시 발생하게 돼 있다. 하지만 첫걸음만은 꼭 계획해야 한다.

인생의 모든 고비에는 의외의 복병이 도사리고 있다. 우리 자신과 가족과 친구들 보살피기, 근사한 외모를 가꾸고 스스로 근사하다고 느끼기, 성공적인 커리어 쌓기, 삶의 모험에 뛰어들기 등등 한꺼번에 생각하면 할일이 참 많기도 하지만 첫걸음을 잘 내딛고 다음 걸음을 또 내딛다보면 그렇게 전진할 수 있다.

나는 곤란한 상황에 처할 때면 로맨스나 자기계발 책을 읽었다. 그러면 희망이 생겼다. 내 경험을 나눔으로써 나도 여러분에게 희망을 전할 수 있을지 모르겠다.

내 나이가 된다는 것은 환상적인 일이다. 나는 70년을 살아오며 두 분야에서 성공적인 커리어를 쌓았고 세 아이를 길렀으며 열한 아이의 할머니가 되었다. 그뿐 아니라 웰빙 강사로, 어느 때보다 각광받고 있다. 이 책을 써달라는 청탁을 받았을 정도이니 말 다했지 않은가! 나는 매일 기대에 차 깨어난다.

긍정적인 태도로 계획을 세우고 모험에 뛰어든다면, 심지어 화성 정복도 가능하다.

PART 1 — BEAUTY — 아름다움

대세는 이제 금발이 아닌 은발

삶은 살수록 더 좋아진다

쉰아홉 살 때부터 염색을 관두고 은발로 살아왔다. 그로부터 2년 후에는 임신한 모습으로 『뉴욕 매거진』 표지에 등장했다(아니, 정말 임신한 건 아니었지만 퍽 그럴싸해 보였다). 예순일곱엔 내 나이의 3분의 1쯤 될 여자들과 뉴욕 패션위크 무대에 섰고, 예순아홉에는 커버걸CoverGirl 광고 모델로 발탁됐다.

상상이 되는가? 나로서는 상상하지 못했던 일들이다. 흰머리를 그냥 놔두는 게 슈퍼모델이 되는 비결일 줄은 예상하지 못했다. 내가 패션쇼 무대에 처음 선 게 열다섯 살이었다. 열여덟이 되면 수명이 다할 거라고 사람들은 말했다. 모델 일을 이렇게 오래, 하물며 전성기도 아닌 일흔하나라는 나이까지 하게 되리라고는 생각지도 못했다. 그런데 56년이 지난 지금 나는 이렇게 건재하다. 아니, 이제 발동이 걸리고 있다.

여자가 나이를 먹는다고 속도를 늦출 필요는 없다. 나는 막 발사된 탄환처럼 달리고 있다. 모든 것을 시도해보고 재미를 누리고 어느 때보다 열심히 일하며, 정말 어느 때보다 열심히 일하며 재미도 최대한 누리고 있음을 확인하기 위해 소셜미디어도 한다. '재미'를 잊지 말기 바란다. 남자들이 속도를 늦출 필요가 없다면 우리도 마찬가지다. 나이 좀 먹는다고 속도를 늦추거나 나아가기를 그치지 말자. 잘 먹고, 맘껏 웃고, 활동적으로 생활하고, 행복을 느끼고, 자신감을 품고 우리 자신을 최대한 보살피자. 나는 나이 먹기를 두려워해본 적이 없다. 얼굴은 물론이고 예순을 넘기면서 허벅지와 팔까지 돋아난 주름을 보면 그냥 신기한 느낌이 들 뿐이다. 건강한 것만으로도 더없이 행복하니까.

부모님의 친구가 모델학교와 에이전시를 운영한 덕에 나는 일찌감치 10대 시절부터 남아프리카공화국 프리토리아에서 모델로 일하기 시작했다. 레티라는 분이었는데 그분의 남편은 우리 아버지처럼 비행기가 있었다. 일요일 저녁마다 우리 가족은 그 집과 식사를 함께했다. 레티는 굉장히 아름답고 우아한데다 무슨 청이든 들어주지 않을 수 없게 하는 조용한 자신감이 있었다.

레티는 열다섯 살이던 케이와 내게 무료 모델 강습을 해주었다. 우리는 별생각 없이 그저 따라만 했다. 수료증이 걸린 최종 패션쇼에는 샤넬풍의 분홍색 슈트를 만들어 입고 올라갔다. 갈색 머리를 매만지고 화장도 직접 했다.

나를 모델로 고용하기 시작한 것도 레티였다. 시키는 대로 토요일 아침 백화점 패션쇼에 서는가 하면 화보 일도 했다. 모델이라고 해서 내가 특별하다거나 특권을 지녔다는 느낌은 없었다. 일거리일 따름이었다. 다른 일에 비해 보수가 많은 것은 좋았다. 처음 그 사실을 깨달았을 때는 깜짝 놀랐다. 그냥 어디 가서 옷을 걸쳐입고 실내를 걸어다니다가 집에 돌아오는 일인데, 대체 왜 돈을 많이 주지? 하지만 어쨌든 그랬다. 그 나이의 소녀에게는 더더욱 많은 돈이었다.

일흔한 살이 되어서까지 모델 일을 하고 있을 줄은 그때는 꿈에도 몰랐다. 실내를 둘러보면 모조리 아주 젊은 모델들뿐이었다. 잠시 하다 그만둘 일이라고 생각했고, 아무래도 상관없었다. 그냥 돈을 벌 수 있어서 좋았다. 내 목표는 모델이 아니라 대학에 가는 것이었다.

그런데 놀랍게도 대학에서도 모델 일을 계속했다. 계획대로 학위를 받고, 또 놀랍게도 결혼을 했다. 그렇게 빨리 아이를 갖는 것도 목표가 아니었다. 신혼여행에서 임신하고 3년 새에 아이 셋을 갖게 되리란 것도 몰랐다. 일론과 킴벌, 토스카도 모두 놀라운 일이었다. 아이를 하나 낳을 때마다 금발 하이라이트를 넣다보니 토스카가 태어나고 나서는 완전히 금발이 돼버렸다.

세 아이를 낳고 나서 다시 모델 일을 시작했다. 레티의 요청 때문이었다. 신부 어머니 패션쇼를 할 사람이 필요했는데 열여덟 살짜리 모델에게 시킬 수는 없었다. 다들 너무 어렸다. 그래서 스물여덟이라는 무르익은 나이였던 내게 그

일이 돌아왔고, 그렇게 남아프리카공화국의 최고령 모델이 되었다.

서른한 살 때는 남편에게서 도망쳐 더반에 정착했다. 미용실에 갈 돈이 없어 직접 염색을 했더니 금발과 주황색이 마구잡이로 뒤섞인 이른바 '블로렌지Blorange' 색이 나왔다. 아주 엉망이었다. 돈을 아끼려 커트도 직접 해서 머릿결도 부스스했다. 그래도 모델 일자리는 유지됐으므로 신경쓰지 않았다. 스물두 살에 프리토리아 아파트에서 시작한 영양사 일에도 지장이 없었다. 고객들은 내 서비스가 도움되기만 하면 머리카락이야 어떻든 개의치 않았다.

마흔두 살 되던 해에는 캐나다 토론토로 이주해 모델 활동과 교습을 계속하는 동시에 박사과정에도 등록해 양쪽 커리어에서 뒤처지지 않으려고 노력했다. 내가 일할 수 있다는 걸 보여주는 모델 포트폴리오를 제시하자 토론토의 한 에이전시에서 돈벌이가 되겠다고 판단해 나를 고용했다. 그곳의 모델 일거리는 대부분 젊은 여자들 차지였지만 현실감 있게 보이기 위해 나이든 모델이 필요할 때가 간혹 있었다. 그렇게 해서 마흔두 살 나이에 할머니 역의 광고를 처음 했다, 그것도 앞표지에!

토론토에 40대 모델이 나 하나뿐이었던 건 아니다. 모델 일을 하는 사람은 보통 10대나 20대이긴 했지만 반드시 그렇지는 않았다. 물론 오트쿠튀르 같은 하이패션이 아니었음을 기억하자. 뉴욕이나 밀라노 패션위크와는 거리가 멀었다.

나이든 여자와 남자만으로 구성된 패션쇼를 한 적이 있다. 끝나고 다 함께 나가 술 한잔씩 하는데 어떤 남자가 다가오더니 이러는 것이었다. "당신은 술값을 직접 내요, 왜냐하면 유일하게 나하고 같이 자지 않았으니까."

나는 멍하니 그를 쳐다보았다.

그가 말을 이었다. "여기 다른 모델들하고는 매트리스 광고를 함께했거든요."

나이든 모델에게는 그런 일자리밖에 돌아오지 않았다. 침대 세일 광고 같은 것 말이다.

하지만 괜찮았다. 어차피 돈을 벌기 위한 일자리였지 스타가 되려는 건 아니었다. 재미도 있고 외모도 유지할 수 있고 사무실에 틀어박히지 않고 여러 도시를 돌아보며 새로운 사람들을 만날 수 있는 것이 좋아서 모델 일을 계속했다. 그 당시 영양사 일에 지장을 주지 않으려고 섭외는 3주 전에 미리 받았고 횟수도 한 달에 나흘 이하로 제한했다. 그런데도 영양사 일에서 들어오는 수입에 맞먹는 돈을 벌었다. 영양사 일은 안정적인 소득원이 되어 그걸로 생활비, 집세, 버스비, 교복비, 자동차 연료비와 유지비를 해결했다. 당연히 계속해야 했다. 모델 일 덕에 값싼 비행기표를 구입해 가족을 방문할 수 있었고 옷가지며 살림에 필요한 물건들을 사기도 했다. 이따금 드레스도 샀다. 모델 일은 소중한 보너스였다.

영양사 쪽 고객들에게는 모델로 일한다는 이야기를 하지 않았다. 그때는 소셜미디어도 없었으므로 아무도 몰랐다.

간혹 "잡지에 나온 사람 맞아요?"라고 물어오는 이들도 있었다.

그러면 "맞아요, 시어스 백화점 실내복 광고의 그 여자예요"라고 답하곤 했다.

그게 내 일이었다. 시어스 백화점에서 실내복을 광고해야 하면 그걸 멋지게 소화해줄 사람으로 나를 골랐다.

50대에 접어들어서는 뉴욕에서 살았다. 쓸 만한 광고를 몇 개 찍은 다음 규모가 큰 에이전시와 계약을 맺었다. 일이 더 많이 들어올 걸로 기대했으나 결과는 오히려 반대였다. 가끔 일하는 모델이었던 나는 거의 일하지 않는 모델이 돼버렸다.

모델 일을 관두려고 이적한 게 아니라고 새 에이전시에 이메일을 보내자 맞는 일이 없다는 회신이 왔다.

전화를 걸었더니 "광고주들이 보려고도 안 해요. 당신보다 인지도 높은 모델들을 선호해요"라는 대답이 돌아왔다.

그 사람들도 그렇게 유명한 건 아닌데, 라는 생각도 했다.

왜 광고주들이 이제는 날 보려고도 하지 않는지 이해되지 않았다. 수십 년 해온 모델 일을 그만둘 때가 된 건가 싶었다. 아무도 내 외모를 좋아하지 않는다는데 어쩌겠는가.

거리나 식당에서 우연히 업계 사람들과 마주치기도 했다. 그들은 나를 붙들어세우고는 "섭외하려 했는데 왜 그렇게 짬이 안 나요?" 하고 물었다.

에이전시에 가서 말했다. "사람들이 날 섭외하려고 했다던데요."

"아니에요, 아마 다른 사람하고 착각했을 거예요."

그때 나는 염색을 그만두겠다고 결심했다. "모델 일도 거의 안 하잖아. 본래 색깔이 뭔지나 한번 보자."

염색 안 한 머리칼이 자라났다. 몹시 흉했다. 정수리는 허옇고 어깨 위 머리는 금발이었다. 영양사의 눈으로 보면 몸만 건강하다면 무슨 색깔이든 상관없었다. 가까운 친구 줄리아 페리의 권고대로 머리를 짧게 쳤다. 한 번도 시도해본 적 없는 자극적이고 개성 강한 스타일이었다.

그렇게 흰머리가 되자 에이전시는 여섯 달 동안 아무 일도 주지 않았다. 고통스러운 시기였다. 이제 아무런 기회도 없는 것만 같았다. 모델 커리어가 이렇게 막을 내리는가 싶었다.

그때 흥미로운 일이 일어났다. 한 캐스팅 감독이 에이전시에 전화를 걸어 나를 『타임』지 표지모델로 쓰고 싶다고 한 것이다. 이번만큼은 에이전시도 일정이 안 된다고 말하지 못했던 게, 그 감독은 우리집에서 한 블록 떨어진 곳에 살며 아침마다 개를 산책시키는 나를 보았기 때문이다.

그렇게 섭외가 된 덕에 『타임』지 건강 섹션 표지모델로 나오게 됐다.

내게도 일거리가 있다는 것을 깨달았다. 내 외모가 아니라 에이전시가 문제였다.

계획이 필요했다.

누구나 나름대로 노리는 것이 있다. 나는 무엇이 됐건 내게 돌아올 일할 기회를 놓치지 않고 활용하고 싶었다. 에이전트들은 내 커리어를 돕기 위해 일해야 하는데 무슨 이유에선지 그러질 않았다. 거기에 생각이 미친 순간, 나는 그것을 해결해야만 했다. 그냥 멍하니 서서 다른 누구에게 내 일을 뺏길 수는 없었다.

에이전시를 찾아가 의견을 말했다. 원하는 게 있으면 요구해야 한다.

에이전트가 불같이 화를 냈다.

"어떻게 우리가 당신을 위해 열심히 일하지 않는다는 소리를 할 수 있죠?"

그녀 말은 거짓말이었다. 우리 둘 다 알았다. 오디션에 갔다가 떨어지는 건 그럴 수 있다. 그런 일이야 수도 없이 겪었다. 가서 다른 여자 스무 명과 함께 줄을 서서 기다렸다가 떨어져 돌아오는 것이다. 모델의 숙명이다. 에이전시가 아예 오디션에 보내주지도 않는다면? 그것은 용납할 수 없는 일이다.

그들은 시인하지 않았다. 일거리 자체가 없다고 끝까지 주장했다. 하지만 계약 기간이 남아 있어 어쩔 수가 없었다.

커리어를 둘러싼 상황이 나쁜데다 호전될 기미도 없어 빠져나오고 싶을 때면 앞날이 어떻게 될지 확신하기 힘들다. 겁이 난다. 날마다 일이 고달프기만 하다. 아무런 기쁨도 느낄 수 없으니 하루가 암울하다. 깨어 있는 시간의 대부분을 일하며 보내는데 일이 기다려지고 좋아야 옳다. 영양사 일을 하며 만난 여자 변호사 고객이 많은데 그들은 일은 좋아했지만 상사들을 싫어했다. 내가 이걸 아는 건 거기서 오는 우울함과 스트레스가 부적절한 식생활로 이어졌기 때문이다. 상황을 바꿔보라는 나의 권유에 그들은 회사를 옮기거나 개업을 하는 식으로 변화를 주었고 그로 인해 더 행복해지고 더 건강에 유익한 식생활을 했다. 정신과 상담보다 돈도 덜 들었다고 농담도 했다.

모델 계약서를 들춰보니 계약은 뉴욕시에서만 적용됨을 알 수 있었다. 필라델피아 에이전트들에게 연락을 넣어봤다. 그리고 햄프턴, 코네티컷, 뉴저지, 로스앤젤레스, 함부르크, 뮌헨, 파리, 런던을 이어 수소문했다. 나는 그곳의 에이전시들과 계약을 맺고 조금씩 일거리를 얻었다. 유럽으로 날아가 카탈로그를 찍고 잡지 특집기사 모델로도 서고 헤어 제품과 제약회사 광고도 찍었다. 수입이 짭짤했다. 그래도 항상 이코노미석을 탔고 경비 절감에 신경을 썼다.

미국에서는 카탈로그, 광고, 쇼룸 일을 했다. 화려하지 않아도 어쨌든 일이었다. 보급형 백화점 손님들에게 옷을 보여주면 되었다. 비좁은 판지 칸막이에서 옷을 갈아입고 나오면 서른 명쯤이 앉아 내가 입은 옷을 바라보았다. 옷을 갈아입으러 칸막이로 돌아갈 때마다 베이글에 크림치즈를 발라 먹었다. 시간이 없어 매번 한 입밖에 못 먹었다.

일거리 대부분은 뉴욕에서 나오게 마련이었는데 여전히 그 일들은 내게 돌아오지 않았다. 이게 나의 한계가 아니라는 걸 알았다. 나를 가로막는 건 나이도 외모도 아니었다. 내가 아니라 그들이었다!

우회로를 찾아야 했다. 다시 에이전시를 찾아가 대기실에서 기다리고 또 기다린 끝에 드디어 높은 자리 양반과 마주 앉았다.

그녀에게 말했다. "여섯 달 동안 캐스팅이 한 건도 들어오지 않았어요. 계약을 해지해주세요."

원하는 것을 얻기 전까지 절대 나가지 않을 작정이었다. 결국 그들의 동의를 받아냈다. 진작 그렇게 했어야 했다. 여러분은 부디 나보다 빨리 배우기를, 그리하여 헛고생하지 않기를 바란다. 상황이 변하지 않을 것 같으면 즉각 빠져나와라. 당장 일거리가 없다 해도, 일거리가 없을 것 같아 겁이 난다고 해도, 그래서 경제적으로 곤란을 겪게 된다고 해도 마찬가지다.

나는 이전에 일해본 적이 있는 소규모 에이전시에 들어갔다. 그들은 나와 일하게 되어 기뻐했으며 내 새로운 스타일을 좋아했다. 잡지 특집기사 촬영차 토론토로 보내주기도 했다. 이게 참 근사했던 것이 나이든 모델은 그런 일을 잡기가 굉장히 어렵기 때문이다. 멋진 일이었는데 나는 멋지지 못했다. 그런 작업에는 어떤 포즈가 좋은지를 몰랐다.

카탈로그 작업을 할 때는 편안하고 명랑한 태도로, 의상을 구기거나 이상한 각도로 당기지만 않으면 된다. 그런데 특집기사 작업을 할 때는 별안간 마구 뛰고 춤을 추고 몸을 뻗는 등 온갖 괴상한 짓을 해도 된다. 배워야 했기에 잡지들을 들여다보기 시작했다.

그런 작업은 마흔다섯 살 때 단 한 번 해봤는데 주역인 슈퍼모델 뒤에서 어색한 배경이 돼준 게 전부였다.

나는 토론토로 날아갔다. 촬영장에 모델이라고는 나뿐이었다.

"다른 모델들은 다 어디 갔어요?"

"당신 말고 없어요."

디자이너와 재단사와 아름다운 옷으로 가득한 창조의 세계에 나는 사뿐히 깃들었다. 흰색 옷을 여러 벌 입고 여덟 페이지짜리 기사 촬영을 했다. 정말 아름다웠다. 그렇게 짧은 머리로도 매번 다른 스타일을 구현했다.

작품을 보자 "우와" 하는 탄성이 절로 새어나왔다.

그것을 시작으로 섭외가 들어오기 시작했다. 뉴욕으로 이사했을 때 나는 킴벌과 타임스스퀘어에 서서 수많은 대형 광고판을 올려다보며 이렇게 말했다. "언젠가 저런 광고판에 나도 나올 거야." 우리는 함께 킥킥 웃었다. 그런데 정말 그렇게 되었다. 무려 5미터에 달하는 타임스스퀘어 광고판에 처음으로 내가 등장했다.

버진 아메리카 항공 광고 오디션에서 300대 1의 경쟁률을 뚫고 발탁된 것이다. 촬영장에는 젊은 여자와 젊은 남자가 하나씩 있었는데 이 아주 젊은 모델들은 자기도취에 빠져 내겐 말 한마디 붙이지 않았다. 하지만 최종 광고판에는 내 얼굴이 실렸다. 예순일곱 나이의 내가 타임스스퀘어와 지하철과 미국 각지 공항에 쫙 깔렸다. 내 얼굴을 보지 않고는 기차도 비행기도 탈 수 없었다.

은발이 되자 이렇게 일이 풀릴 줄 누가 알았겠는가. 열다섯 살 때 사람들은 나에게 잘해야 열여덟까지 갈 수 있을 거라고 했다. 그런데 일흔한 살인 지금, 어느 때보다 각광받고 있다. 내가 배운 거라면 언제든 길을 찾을 수 있다는 사실이다. 언제라도 다른 계획을 세울 수 있다. 물론 이걸 배우는 데는 시간이 걸렸고 지금도 여전히 배우는 중이다.

엄청나게 놀라운 일이 하나 더 일어났다. 다름아니라 소설

미디어다. 내 포스팅을 보고 사람들이 흰머리에 푹 빠졌고, 바로 그 흰머리 덕에 모델 섭외가 잇달았다. 이제는 흰머리가 나밖에 없는 자리에도 흔쾌히 간다. 혹시 흰머리를 한 여자가 더 있을 때면 미소를 지으며 말을 건넨다. "우리 짝으로 맞췄네요!"

한 가지 확신이 있다면 갈수록 좋아진다는 것. 월요일이면 어느 때보다 신이 난다. 재미있는 일이 일어날 거라는 기대 때문이다. 아무 일도 일어나지 않는다면 소셜미디어와 웹사이트에 신나게 포스팅을 해서 뭔가 일어나게 만든다. 그래서 일흔한 살이 멋지다고 말하는 거다. 그래서 나이 따위에 걱정하지 않는 거다.

나는 즐기기만도 너무 바쁘다.

매혹적인 사람이 되자

아름다운 것보다 흥미로운 게 낫다

50대에 미용 광고 오디션에 갔더니 캐스팅 감독이 "아, 정말 아름다우시네요" 하고 말했다.

"그거야 뭐 선결 조건 아닌가요?" 내가 말했다.

미용 광고 모델을 뽑는 자리이지 않은가. 남아프리카공화국에서 자라 자신을 깎아내리는 문화에 익숙한 나로서는 대단한 재담이라고 생각했다.

그런데 그들은 기겁했다. 조금도 재미있게 받아들이지 않았다. 뻔뻔하다는 이유로 곧바로 떨어졌다.

그 경험 이후 나는 그냥 고맙다고 답하는 법을 배웠다.

미국에서는 왜 그렇게 아름다움에 대한 이야기가 많은지 이해가 잘 안 됐다. 남아프리카공화국에선 외모보다는 지적이고 흥미로우며 유머 감각이 있는 여자가 높은 평가를 받는다. "정말 재미있는 분이네요"라고 사람들은 말했다. 그래서 나는 그런 줄로 알았고, 지금도 그렇게 생각한다. 그들은 내 영양사 일에, 내가 부지런히 연구하고 강연도 열심히 한다는 사실에, 미디어에 등장하고 영양사로 개업도 했다는 것에 관심을 가졌다. 나의 노동 윤리와 직업 정신이 더 중요했다.

처음 미국에 왔을 때 케이와 통화를 하면서 아름다움에 대한 미국인들의 집착에 대해 들려주었다.

케이는 내가 세상에서 가장 좋아하는 사람 중 하나다. 매일 밤 통화를 하는데 늘 진실만 말해주기 때문에 투자 문제부터 치아 라미네이트를 할지 말지까지(하지 말라고 했다) 내가 갖가지 조언을 구하는 상대이기도 하다. 항상 내 편이었고 변함없이 나를 지지해주었다.

있는 대로 사실을 말하고 허식이 없는 것이 케이의 가장 큰 장점이다. 거침없이 자기 의견을 털어놓는다.

그렇다고 마냥 심각하지도 않다. 케이는 항상 웃고 우리 둘 가운데 웃기는 사람에 해당한다. 누구를 웃기려고 한다기보다 스스로 재미삼아 하는 농담이지만. 그래서 사람들은 케이를 무척 좋아하고 그녀가 말을 시작하면 주위에 모여든다. 만나보면 좋아할 수밖에 없다. 케이랑 함께 누군가를 새로 만나면 나는 그냥 구석에 앉아 뜨개질이나 하는 편이 낫다. 하지만 결코 만날 수가 없을 텐데, 케이는 은둔형 인간이기 때문이다.

"사람들은 말은 안 해도 늘 네가 아름답다고 생각했어. 네가 들어오면 다들 고개를 들어 쳐다보곤 했잖아." 케이는 그렇게 말했다.

까맣게 모르는 일이었다. 나는 사람들을 쳐다보지 않고 그냥 앞길만 바라보고 걸어버릇했다. 그러고 보니 그동안 사귄 남자들이 한 말이 떠올랐다. “메이, 우리 함께 식당에 들어갈 때 말이야, 당신이 앞장서면 안 될까?”

내가 앞장서 들어가면 그제야 남자가 뒤따라들어와 자기가 내 데이트 상대임을 과시했다. 그래봤자 결국은 다들 나를 버렸다. 외모만 보는 사람들의 행태가 대개 그렇다.

내가 먼저 버렸어야 했다. 아름다운 사람을 만나면 당연히 함께 있고 싶은 법이다. 하지만 흥미롭지 못하면 금세 싫증나 떠나버린다. 외모의 아름다움보다는 성격을 보고 나를 좋아하는 사람을 곁에 두는 편이 낫다.

어느 커플이 떠오른다. 남자는 굉장히 잘생겼고 여자는 평범했다. 어울리지 않아 보였다. 여자가 입을 열어 말하기 전까지는. 거기 있는 사람들 중에 가장 매력적인 여자였다.

핵심은 그녀의 태도였다. 자신감이었다. 삶을 바라보는 시각이었다. 대단히 지적이고 또한 재미있었기 때문에 그녀와는 좋은 친구가 되었고 늘 만나고 싶었다.

이런 사람도 될 수 있고 저런 사람도 될 수 있지만 나는 내 묘비명에 “그녀는 아름다웠다”보다 “그녀는 재미있었다”라는 글귀가 새겨지면 좋겠다.

외모의 아름다움에 집착하면 완벽한 외모가 아닌 다음에

야 불안해지기 십상이다. 그러면 우울해질 수 있고 지성이나 유머나 매력 등 다른 훌륭한 자질을 개발하는 데 소홀해지기 쉽다.

나는 사람들을 친절히 대하고 그들의 말을 들어주고 항상 명랑하라고, 자신의 삶이 얼마나 고단한지 불평을 입에 달고 살지 말라고 권하고 싶다. 자신감과 존중, 사람들에 대한 관심을 보이고 미소를 짓자. 그러면 매혹적인 사람이 된다. 누구에게나 다른 사람과 나눌 재능이 있다. 만약 지금 나에게 아무 재능이 없는 것처럼 느껴진다면 과거에 무엇에든 자신감이 있었던 시절로 돌아가서 그것을 더욱 계발하고 연마하고 나누어 조금 더 흥미로운 사람이 되자. 직업이나 취미나 특정한 관심사가 있다면 그걸 더 파고들고 대화에 활용하자. 열의를 품으면 더욱 흥미롭고 더욱 지적인 사람이 된다. 모든 걸 다 잘할 필요는 없지만 무엇이든 하나는 잘해야 한다. 사람들이 요리법을 물어보면 요리에 젬병인 나는 할말이 없다. 그렇다고 속상하지는 않은 게, 요리는 내가 재능 있는 분야도 관심사도 아니기 때문이다. 나 자신이 즐겁지 않은데 새로운 음식을 뚝딱 만들어내 사람들의 탄성을 이끌어낼 욕망은 더군다나 없다. 좋아하는 걸 잘할 수 있으면 된다.

아울러 유머 감각을 품고 사람들 말에 조금 덜 민감해지자. 남자가 데이트 신청을 했는데 내가 거절했더니 남자는 나보다 젊은 여자를 얼마든지 사귈 수 있다고 말한다. 그러면 나는 그냥 웃는다. 그가 무엇을 찾든 상관없다. 나는 그에게 관심이 없고, 따라서 그런 말에도 화가 안 난다. 우리는 당당히 나아가고 자신에게 만족해야 한다. 유머 감각을 갖고 대화를 하고, 스스로를 웃어넘길 수 있는 여유를 지니며 쾌활한 어조를 유지하면 훨씬 재미난 사람이 된다. 힘든 시간을 보내고 있을 때는 특히 자기 하소연을 하지 않기가 어렵지만 그래도 매혹적인 사람이 되어야 한다.

훌륭한 모델, 끔찍한 복장
우리 자신이 스타일리시하지 않아도 된다. 단, 스타일리시한 친구를 찾자

내 생일이나 누구 결혼식처럼 특별한 날에 그러니까 매년 한 두 번쯤은 옷을 잘 차려입곤 했다. 하지만 예순일곱이 되어 일론의 손님으로 대규모 패션 행사인 메트 갈라에 참석하면서 레드카펫에 오른다는 게 얼마나 엄청난 준비를 요하는지 비로소 깨달았다. 화려한 드레스를 입으면 기분이 무척 좋다. 어깨를 펴고 당당히 서서 마주치는 사람들에게 미소를 지으며 걷다보면 마치 발이 허공에 떠 있는 것 같다.

이제 시상식이나 영화 시사회의 레드카펫 등장을 위해 유명인들을 준비시키는 팀의 노고를 이해한다. 디자이너와 스타일리스트와 어시스턴트는 완벽한 의상을 찾아내려 진땀을 뺀다. 사람들은 잘 모르지만, 완벽한 속옷 또한 드레스 선을 살려주는 역할을 한다. 얌전한 것부터 드라마틱한 것까지 액세서리도 중요하다. 머리도 매번 달라 보여야 정말 노력을 기울였다는 인상을 준다. 메이크업 팀은 자연스러운 '생얼' 쪽으로 갈 것이냐(그래도 한 시간은 걸린다) 아니면 인조 속눈썹을 붙이고 강렬한 턱선을 강조하는 한껏 화려한 쪽으로 갈 것이냐를 결정한다. 이렇게 커다란 노력이 수반된다는 걸 이제는 안다. 여러분도 유명인을 보면 뒤에서 수고한 사람들을 한번쯤 생각해준다면 좋겠다.

내가 멋지게 차려입고 행사에 나올 수 있는 건 거의 30년간 내 스타일리스트이자 절친한 벗이 되어준 줄리아 덕분이다.

마흔세 살 때 줄리아를 만났다. 토론토에서 두번째 석사학위를 마치고 영양사로 개업하려 애쓰던 시기였다. 모델 경력이 도움이 됐다. 모델학교를 운영하던 한 에이전시가 자기들 소속으로 모델 일을 하면서 저녁에는 학생을 가르치는 조건으로 사무실을 무료로 사용하게 해줬다. 패션쇼 무대, 화보 작업, 직업 정신 같은 걸 가르치며 난생처음으로 집 아닌 장소에 사무실을 갖게 되었다. 프로가 된 기분에 정말 신났다.

그리고 겨우 한 달 만에 모델학교 원장이 되어달라는 제의를 받았다. 담당자가 체계적이지 못한 모양이었고, 반면에 나는 믿을 만하고 시간을 엄수한다는 평판이 나 있었다. 선뜻 의상 수업도 맡기로 했다. 남아프리카공화국에서 가르친 경험이 있어서 제안해본 것이었는데 내 경험은 그야말로 수박 겉핥기 식 지식에 불과함을 곧 깨달았다.

전문가를 초빙해 왔다. 그녀가 입을 열어 사계절과 갖가지 색조와 직물에 관해 설명을 시작하자 이게 진짜구나 싶었다…… 나는 깊은 감명을 받았다.

그렇게 만난 사람이 줄리아였다. 그녀도 나에게서 강렬한 인상을 받았다고 한다.

"이 아름다운 여자가 글쎄 모델학교 선생을 하는데 말이야. 훌륭한 모델인데 옷차림이 형편없더라고. 정말이지 형편없었어."

요새야 한창 유행하는 옷을 차려입지만 내 생애 대부분은 그렇지가 못했다. 어렸을 때는 어머니가 당신 옷은 물론 우리 옷가지도 손수 지으셨다. 10대가 되어서는 옷을 만들어 입으려고 재봉을 배워 나팔바지와 텐트 드레스, 심지어 슈트도 만들어보았다. 처음에는 옷본을 따라 했다가 어머니가 보내준 옷본 재단 수업을 듣고 나서는 잡지에서 봤지만 아직 옷본으로 나오지는 않은 옷들을 만들었다. 하이패션을 입고 싶으면 직접 만들어 입어야 했다.

직업인이 된 후로 일할 때 입는 옷은 주로 슈트를 골라 입었다. 축축 늘어지거나 꽉 죄는 옷은 피했다. 상담사가 직업이었기 때문이다. 슈트를 입고 자신감 있게 방에 들어가 일했다. 신뢰감과 똑똑하다는 인상을 준다고 생각했다.

딸 토스카는 "또 회색 슈트를 입을 거야, 아니면 감청색 슈트를 입을 거야?" 하고 묻곤 했다.

항상 비슷한 옷만 입어서였다.

자기관리야 항상 했지만 취향은 세련되지 못했던 건데, 다행이라면 다행인지 스스로는 의식하지 못했다. 그럴 만도 한 것이 나는 과학자들 틈에서 사람들에게 무엇이 유익한지 알아내는 연구에 집중했다. 우리는 일을 사랑했다. 동료 과학자들에 비하면 그래도 스타일이 나았으므로 나도 그들도 내 패션 감각이 좋은 줄 알았다. 그러니까 자신이 있었던 거다.

그러다 줄리아를 만났다. 옷을 더 잘 입어야 한다고 줄리아는 말했다. 슈트를 여러 벌 갖고 있기보다 잘 맞고 질 좋은 것으로 한 벌 있는 게 좋다고, 원한다면 내 의상을 점검해주겠다고 했다. 도움이 필요하긴 했지만 돈을 쓰고 고용할 처지는 못 되었다. 그래서 스타일 컨설팅을 받는 대가로 영양 컨설팅을 해주기로 했다. 나도 그녀의 식생활 개선에 도움을 주었을 것이다. 줄리아도 그렇다고 한다. 그녀의 조언은 그야말로 내 인생을 바꿔놓았다.

줄리아를 만나기 전까지 어떻게 하면 가장 효과적으로 나를 꾸밀 수 있는지 전혀 몰랐다. 줄리아를 만나고 난 후에는 내면에서 느끼던 자신감이 외부로도 드러났다. 확신컨대 두 가지 커리어에서 내가 거둔 성공은 그녀가 가르쳐준 옷 입는 법과 관련이 있다.

줄리아는 먼저 우리집에 와서 옷장을 들여다보고 거의 대부분을 내버렸다. 남은 옷가지가 몇 벌 안 되었다.

“자, 슈트 한 벌, 블라우스 두 벌, 구두 한 켤레, 가방 하나를 사야 돼. 알았지?" 줄리아가 말했다.

"돈이 하나도 없어."

"자기 고객들만큼 멋지게 보여야 해." 아직 경제적으로 궁색했기 때문에 단계적으로 가기로 했다. 많이 필요하지도 않았다. 고객들과는 일주일에 한 번 만났기에 매일 새로운 옷을 입지 않아도 됐다.

아름다운 천에 재단이 제대로 된 옷을 처음 입었을 때, 정말이지 훨씬 자신감이 느껴졌다.

줄리아는 내가 돈을 더 벌수록 옷을 더 사길 바랐지만 좀체 짬이 나지 않았다. 일이 너무 많아서 쇼핑할 시간이 없었다.

"한 시간만 내자."

그녀는 근처 백화점을 돌며 여벌의 슈트, 구두, 블라우스, 캐주얼웨어, 재킷 등등 필수라고 생각하는 옷가지를 늘어놓았다. 그러면 점심시간을 틈타 매장으로 달려갔다. 잽싸게 한 번 입어본 다음 골라 값을 치르고 정신없이 사무실로 돌아왔다. 두 달에 한 번꼴로 그렇게 하자 옷장이 다시 채워졌다.

스타일리시하고 싶기는 한데 나처럼 귀찮음이 앞선다면 패션 감각이 좋은 친구를 찾아라. 그런 사람들은 보통 쇼핑을 좋아한다. 함께 쇼핑을 가서 기본 아이템과 함께 특별한 날에 입기 좋은 멋진 옷도 골라달라고 친구에게 부탁해보라. 귀걸이와 목걸이, 핸드백과 구두, 스타킹 같은 액세서리도 골라달라고 하라. 그리하여 완벽한 옷차림을 준비해놓자. 친구가 골라준 것들을 입고 달고 신어보자면 왠지 불편하고 어색할 것이다. 나도 마찬가지다. 하지만 그랬더니 칭찬을 정말 많이 받았고 이제는 나보다 더 감각이 좋은 누군가를 믿어야 한다는 것을 안다. 변화를 두려워하지 말자. 실수도 하고 다시 바꾸고 하다보면 언젠가 내게 꼭 맞는 스타일을 찾을 수 있다.

내 생애 대부분은 경제적으로 여유롭지 않았다. 그래도 내 제한된 재능을 최대한 발휘해 멋지게 차려입었다. 내가 여러 해 동안 그랬듯 직접 옷을 만들어 입어도 된다. 옷본과 저렴한 재료를 구입해 예쁜 드레스를 만들 수도 있다. 당연히 재봉틀도 있어야 한다. 비싸지 않고 품질 좋은 옷가게나 아웃렛도 있다. 이따금 그런 곳에 친구를 데리고 가 옷을 사곤 했다. 처음 토론토로 이주했을 때 친구가 나를 할인점에 데려가서는 마흔네 살인 내게 10달러짜리 미니스커트를 사 입히고야 말았다. 무척 창피했지만 사람들은 멋지다고 했다. 옷을 잘 차려입으려면 돈을 많이 써야 할 것 같지만 오랜 세월 쪼들리며 살아본 사람으로서 조언하자면, 여기 드는 돈은 연간 총 지출의 일부로 간주해야 한다. 머리 손질이나 치과 검진과 같은 선상에서 말이다. 1년에 500달러를 두 번 쓸 돈밖에 없다면 바겐세일과 중고품 교환센터, 대여점 등을 활용해보자. 각자 생활방식과 직업에 잘 맞는 의상을 두세 벌 장만할 수 있을 것이다. 이것은 가치 있는 투자다. 다만 계획이 필요하다.

내 계획은 이렇다. 해마다 두 차례씩 줄리아가 찾아와 옷가지를 점검한다. 가장 좋은 것들과 기본 아이템을 고른다. 그러려면 옷장과 서랍에 든 걸 전부 끄집어내야 한다. 잘 맞고 즐겨 입는 옷과 액세서리는 다시 집어넣는다. 수선할 것은 수선한다.

정말 꼭 입을 옷들만 정리하다보면 옷을 차려입는 게 지겹기보다 즐거운 일이 된다. 패션 블로그를 탐독하고 쇼핑에 시간을 들여 갖가지 옷을 입어보는 이들이 많다. 그런 걸 좋아하는 사람들이 분명 있다. 나는 아니다. 나는 보기 좋게 차려입기를 좋아하기는 해도 거기에 매일 많은 시간을 쓰고 싶지는 않다. 그래서 줄리아와 나는 옷가지를 점검해 잘 안 입는 것을 추려 드레스 포 석세스Dress for Success 기부 가방에 집어넣는다. 하자가 없고 깨끗한 옷들이다. 단지 내게는 이제 맞지 않을 뿐, 다른 누군가는 좋아할 만한 옷이다. 토론토에서 재킷 한 벌 사기 어려웠던 그 시절에도 이런 게 있었더라면 싶다.

이런 과정을 소홀히 하면 옷장에 든 옷의 반쯤은 너무 작거나 너무 크거나 수선이 필요하거나 도무지 내 것 같지 않기 쉽다. 요컨대 옷이란 잘 맞아야 한다. 옷이 너무 크면 유행에 뒤처져 보이고 너무 꼭 끼면 한심해 보인다.

줄리아도 나도 기본 구색을 잘 갖춰놓는 것이 중요하다고 생각한다. 순금 링 귀걸이도 쓸 만한 청바지도 최신 유행 부츠도 그다음이다. 간단한 것부터 시작해보자. 무엇과도 잘 어울리는 섹시한 블랙진, 스웨터나 버튼다운 셔츠에 맞춰 입을 인조가죽 레깅스, 멋진 잿빛 모직코트나 트렌치코트, 근사한 티셔츠와 착 맞는 귀걸이 등 일상적인 품목들 말이다. 이제 막 옷가지를 장만하는 중이거나 확 바꿔볼 시점이라면 질 좋은 블레이저 또는 재킷을 장만하라. 기존 아이템을 보완해줄 뿐 아니라 보다 자신감 있는 모습을 드러내줄 것이다.

이렇게 기본 구색을 갖추고 나면 다채로운 색깔을 더하는 재미난 일이 남는다. 무엇에든 걸칠 수 있는 초록이나 분홍 카디건, 평범한 트렌치코트도 흥미롭게 보이게 해줄 섹시한 벨트. 그리고 질 좋은 가죽제품도 기존 아이템을 오래 입을 수 있게 도와주는 동시에 더욱 세련된 이미지를 연출해준다. 줄리아는 내 옷장을 훑어보며 핸드백 여러 개를 버리고 대신 좋은 품질의 가죽 핸드백 하나를 구입했다. 돈이 없을 때였지만 양보다 질이라는 진리를 일깨워줬다. 그래서 질 좋은 물건을 사면서도 죄책감을 느끼지 않았다. 이것저것 사들이기보다 질 좋은 것으로 적게 장만해 오래 쓰는 것이야말로 자원을 낭비하지 않으면서도 훌륭한 스타일을 유지하는 방법이다.

이야기의 교훈은 이거다. 우리 자신이 스타일리시하지 않더라도 스타일리시한 친구의 도움을 받으면 옷을 잘 차려입을 수 있다.

이따금 나처럼 흰머리인 여자들을 본다.

"드레스 예쁘네요." 그들이 내게 말한다.

"당신도 이렇게 입을 수 있어요."

"나는 안 돼요."

자기는 안 된다고 생각하는 여자들이 참 많다. 내 나이의 여자들, 모든 연령대의 여자들이 시도조차 하지 않으려 한다. 내가 그랬기에 잘 안다.

"이거 입어봐!" 줄리아가 말했다.

"싫어, 안 입을 거야!"

내가 아무리 반항해도 줄리아는 한 발도 물러서지 않았다. 생일 파티 때마다 드레스가 너무 죈다느니 너무 화려하다느니 종알대는 나를 줄리아는 딱 무시했다. 근사한 사진들을 보면 그녀가 그래준 게 정말 고맙다.

그래서 이제는 알았다고 한다. 줄리아가 하라는 대로 입으면 아마도 맘에 들 것이라는 사실을 배웠기 때문이다. 그리고 맘에 안 들면 또 어떤가. 옷은 옷일 뿐이다. 겁이 나는 스타일도 한번쯤은 시도해볼 만하다. 언제 또다시 그런 옷을 입어보겠는가. 영원한 것은 없다.

예전에는 아니었지만 이제는 대담하다. 창의적인 패션 특집기사며 테스트 촬영 등에 참여하면서 과감하고 이색적인 옷을 입을 일이 많다. 패션에 더욱 깊은 호기심을 느끼고 전보다 한결 모험을 즐기게 돼 기꺼이 하이패션 팀의 손에 나를 맡긴다. 행사에 가기 전에 거울을 들여다보며 '스타일리스트가 무슨 생각을 한 거지? 납득하기 어려운 스타일이군' 하는 생각을 자주 한다. 하지만 여느 일흔 살 여성과 전혀 다르게 패션을 즐기는 내 모습에 사진사들, 친구들, 모르는 사람들이 보이는 반응을 나는 즐긴다. 왜 진작 그러지 못했을까?

칭찬을 들으면 즐거워서 어깨가 쫙 펴지고 더 활짝 웃게 되며 새로운 패션 스타일에 한결 편안해질 것이다. 한번 시도 해보라.

나는 화장을 좋아하고 화장도 나를 좋아한다
화장은 외모는 물론 기분까지 바꿔놓는다

매혹적인 사람이라고 외모가 칙칙해야 하는 것은 아니다. 나는 화장을 좋아한다. 빈 도화지 같은 나의 맨얼굴을 하나의 예술작품으로 만들어주기 때문이다. 내 얼굴에는 주근깨와 눈밑 다크서클, 주름살도 당연히 있다. 쓸 만한 파운데이션과 컨실러는 피부 톤을 매끄럽게 해준다. 나는 눈썹과 속눈썹이 성기고 입술 또한 얇다. 눈썹연필이 얼굴을 보기 좋게 잡아주고, 눈화장을 하면 눈이 더 크고 생동감 있어 보인다. 마스카라를 쓰면 더욱 그렇다. 인조 속눈썹은 화려함을 강조해주어 당장 레드카펫에 서도 좋을 것 같게 해준다. 립라이너와 립글로스는 입술을 한층 도톰하게 해준다. 화장 덕분에 주름살은 적어 보이고 눈은 커 보이며 볼 윤곽이 정돈돼 보인다. 그래서 나는 화장을 한다.

갖가지 색의 아이섀도와 립스틱을 쓸수록 새로운 모습이 창조된다. 실험은 재미있다. 완성된 결과물을 보는 기분은 경이롭기도 하다.

나는 이른 10대 때부터 화장을 했다. 1960년대 당시 잡지를 보며 트위기Twiggy를 연구했다. 따라하려면 품이 많이 들었다. 먼저 눈가 주름에 검은 선을 그리고 그 위에 인조 속눈썹을 붙인 뒤 밑에는 인조 속눈썹을 한 가닥씩 붙였다. 아래 속눈썹에도 화장을 했다. 한 시간은 걸리는 일이었지만 재미있었다. 멋지고 뭐랄까 패셔너블해 보여서 우리는 신났지만 아버지가 보고는 너무 지나치다고 하셨다.

문제는 패션에 관한 한 변화해야 한다는 것이다. 자연스러운 화장이 유행을 타면 화장법을 완전히 바꿔야 했다. 1960년대에는 트위기의 화장을 따라 모두 가느다란 눈썹을 원했다. 나만 해도 족집게로 하도 뽑아낸 탓에 눈썹이 더는 자라나지 않았다. 워낙에 숱도 많지 않은 눈썹을 그나마 다 뽑아 없앤 것이다.

스타일이 변할 때마다 내게도 적용할 방법을 찾아야 했다.

지금도 계속 적용해가며 산다. 바로 거기에 화장의 즐거움이 있다. 나는 눈썹 화장을 잘 못하는데 어쨌든 그렇게나마 눈썹이 있어 다행 아닌가!

일흔한 살 되는 나이에도 레드카펫이나 패션쇼에 나가려면 치장을 하게 된다. 하지만 평소에는 전혀 그렇게 차려입지 않는다. 집에서는 화장을 하지 않는다. 그냥 깨끗한 민낯에 립밤만 발라준다. 강아지를 데리고 이런저런 잡무를 보러 갈 때도 컴퓨터를 켜고 일할 때도 하교하는 손주들을 픽업하러 나갈 때도 마찬가지다. 점심을 먹으러, 친구를 만나러, 또는 회의가 있어 나갈 때는 화장을 한다.

나는 언제나 청결하고 촉촉한 피부 상태로 화장을 시작한다. 스킨케어 순서는 간단하다. 집에서는 클렌저를 쓰고 여행 중에는 비누를 쓴다. 아이크림을 먼저 바르고 화창한 날에는 자외선 차단 지수 15 이상의 보습 로션도 바른다. 저녁에는 클렌징을 해 낮에 하고 있던 화장 흔적을 모두 지운 다음 아이 크림과 나이트 크림을 바른다.

자외선 차단제는 반드시 항상 써야 한다. 화장을 건너뛰는 건 얼마든지 괜찮지만 햇볕으로부터 보호하는 장치를 건너뛰면 안 된다. 피부 걱정을 하다가도 햇볕 아래 드러눕는 여자들이 너무나 많다. 나는 그것을 '안스킨케어skin uncare'라고 부른다. 모자를 쓰고 자외선 차단제를 바르는 등 햇볕으로부터의 피부 보호는 절대 필수다.

레드카펫에 서는 때가 아니면 화장을 직접 한다. 레드카펫 화장을 내가 하면 지쳐 보인다. 전문가의 손길을 받으면 얼굴이 확 살아나고 전체적으로 더욱 화려해 보인다. 초록색 아이섀도, 눈가의 금빛 하이라이트 같은 기법이 동원된다. 70대 여자로서는 단연 도드라진다. 소셜미디어 반응 또한 긍정적이어서 계속 노력하는 것이다. '격렬한', '타오르는' 같은 형

용사들과 함께 '역대 최고Greatest of All Time'를 의미하는 'GOAT' 또는 '원조 센언니Original Gangster'를 뜻하는 'OG' 같은 줄임말들을 보면 오글오글 재미있다.

화장은 10분이면 된다. 메이크업 아티스트들은 한 시간이 걸린다. 나는 그런 재주가 없기 때문에 설사 한 시간을 쓴다고 해도 같은 성과를 내지 못할 것이다. 그들은 아티스트니까. 나는 과학자이고, 아티스트들이 갖춘 재능은 갖고 있지 못하다. 물론 아티스트가 아니라 해도 몇 가지 간단한 도구가 있고 그걸 어떻게 쓰는지 배우면 화장을 잘 해낼 수 있다. 내가 아는 메이크업 아티스트는 온갖 색조 화장품과 도구로 가득한 24킬로그램짜리 여행 가방을 항상 소지하고 다녔다. 비행기를 탈 때도 추가 요금을 내고 객실까지 갖고 들어간다. 어쩔 수 없다. 그게 그녀의 직업이고 그 직업이 24킬로그램 무게의 도구들을 필요로 하니까.

행사에 맞춰 잔뜩 빼입을 때도 다행히 줄리아가 아트 디렉터 역할을 맡아준다. 그날 저녁 내가 누구로 변신할지 캐릭터를 정하고 시선을 끌어모을 방법을 찾아준다.

머리는 어떻게 할지, 화장은 어떻게 할지. 풋풋하게 연출할지, 드라마틱한 아이섀도와 강렬한 립스틱을 쓸지. 금색이나 자주색, 또는 파란색을 권할 수도 있다. 출판기념회인지 아니면 자선모임인지 행사 성격도 고려하여 적절한 캐릭터를 만들어낸다. 그리고 작업에 들어간다. 코스튬 파티처럼 말이다.

예순아홉에 커버걸 모델로 발탁된 건 실로 황홀한 충격이었다. 전에도 화장품 광고를 해보기는 했지만 메인 모델인 적은 없었다. 정말이지 신났다. 이제 모든 미국인이 나이에 상관없이 맘에 드는 화장을 할 수 있음을 보게 될 것이었다. 나는 더 젊어 보이게 하라는 요구를 받은 적도 없고 나이를 감출 필요를 느껴본 적도 없다. 나는 일흔한 살인 게 정말 좋다. 우리가 이렇게 멋져 보일 수 있다는 걸 사람들에게 알려줄 수 있는 것도 정말 좋다. 화장은 우리 여자들의 외모를 끌어올려준다. 아낌없이 써먹자.

자신감 게임
당당히 걷고 배려하라

살다보면 자신감을 잃을 때가 많다. 그렇더라도 어깨를 펴고 당당한 자세로 걸으면서 억지로라도 자신감을 표출해야 한다. 일종의 게임이다. 좋은 자세는 우리 집안 내력이다. 어머니는 무용가였고 아버지는 척추 지압사였다. 심지어 아버지의 어머니부터 캐나다 최초의 척추 지압사 중 한 분이었다. 나와 형제들은 일찍부터 좋은 자세를 배웠다. 그렇게 자라서 내 자매들은 무용을 가르쳤고 오빠 스콧은 아버지를 따라 척추 지압사가 되었다. 우리는 전부 다 꼿꼿한 자세로 걷는다.

아버지는 해마다 앞마당에서 걷기 시합을 열었다. 그런 시합은 어디서도 볼 수 없었을 것이다. 그리고 뛰어난 마케터셨다. 아버지는 환자들과 그 친구들을 병원 앞 널따란 정원으로 불러들였다. 어머니는 파이를 잔뜩 구워서 냉동실에 얼려두었다. 천 명분의 파이를 보관할 수 있을 만한 대형 냉장고였다. 커피와 차도 준비했다. 손님들이 모두 정원에 들어와 앉으면 시합이 시작됐고 가장 자세가 뛰어난 사람에게 상장이 주어졌다. 모두 자신감이 넘치고 즐거워 보였다.

나는 어려서부터 자세가 좋다는 이야기를 들으며 살아왔다. 모델 일을 해온 덕이라고 추측들을 하지만 전혀 아니다. 가족 내력 덕분이다. 곧은 자세로 걷는 사람을 보면 덩달아 그렇게 걷고 싶지 않은가? 연습하면 그럴 수 있다. 웅크리고 있으면 우울하고 불안정한 느낌을 준다. 당당하게 걸으면 강하고 자신감에 차 보인다. 자신감 있어 보이고 싶고 또 그렇게 느끼고 싶다면 바른 자세에서 시작하라. 먼저 곧은 자세로 서서 어깨를 뒤로 젖히고 쾌활한 표정으로 상대방의 눈길을 피하지 말고 바라보자. 이것이 자신감 게임이다.

자세뿐만 아니라 매너도 중요하다. 캐나다인이어서인지는 몰라도 음성이 아주 나지막하고 매너가 좋은 부모님 밑에서 나는 자랐다. 항상 예의바르고 상대방을 배려하는 분들이었다. 모델학교의 예법 수업에서는 식당에서 음식을 주문하는 법이며 나이프와 포크 사용법을 배우기도 했다.

그렇게 배운 테이블 매너를 평생 활용했다. 남아프리카공화국 블룸폰테인 모델학교에서 가르칠 때도 예법 수업이 있었다. 모델들만을 위한 게 아니었다. 대학교를 포함한 각급 학교 학부모들이 자녀들을 나에게 보내 제대로 된 예절을 배우도록 했다.

모델들에겐 약속 시간 지키기, 또박또박 말하기, 수줍어하지 않기 등도 함께 가르쳤다. 매너가 좋으면 자신감도 따라 상승하고 따라서 더욱 자신 있어 보인다. 매너가 좋은 사람을 보면 좋은 인상을 받을 수밖에 없다. 그리고 좋은 매너를 갖추기란 정말로 쉽다.

나는 언제나 내 아이들과 손주들이 당당하면서도 정중하게 거동하고 좋은 자세와 예절을 갖추기를 원했다. 모쪼록 부모님이 내게 그랬듯 나도 아이들에게 좋은 본보기가 되었길 바란다.

일론은 아들이 다섯이다. 로스앤젤레스로 이사한 뒤 함께 저녁을 먹곤 했는데 정신이 없었다. 모두가 한꺼번에 말을 했으니 얼마나 시끄러웠을지 짐작할 수 있을 것이다.

내가 말했다. "이제부터 매주 한 녀석과 단둘이 30분씩 시간을 보내보면 어떨까 싶다." 금요일 저녁마다 일론네 집에 갔다. 학교 공부와 장래희망과 관심사에 관해 이야기를 나눴다. 가끔은 그냥 함께 게임도 하고 책을 읽어주기도 했다.

그다음 식탁으로 데려가 예의바른 식사법과 대화법을 보여줬다. 말을 해도 좋은 때를 기다리고 다른 형제들의 말을 가로막거나 소란을 떨지 말라고 가르쳤다. 음식을 먹을 때는 입을 다물고 음식이 입에 든 채로는 말하지 말라고 일렀다. 나이프와 포크를 어떻게 사용해야 하는지도 가르쳤다. 그러자 효과가 나타났다.

나는 말했다. "식사를 다 마치면 너희들 식기는 물론 네 아빠와 내 식기도 주방으로 갖다놓아라. 너희의 하루가 어땠는지 아빠에게 들려드리지만 말고 아빠의 하루도 여쭤보고."

모두 한자리에서 밥을 먹는데 아이들의 품행이 아주 좋았다. 일론이 들어와 자리에 앉으니 한 녀석이 일어나 "아빠 하루를 어떻게 보내셨어요?" 하고 물었다.

일론은 어리둥절한 얼굴이었다.

다른 녀석이 말했다. "내가 먼저 하려고 했는데!"

또다른 녀석이 말했다. "아니야, 내가 먼저 하려고 했어!"

그렇게 재미있는 풍경이 펼쳐졌다.

이어서 아이들은 누가 일론의 접시를 주방으로 옮길 것인지를 놓고 설전을 벌였다. 돌아가면서 하면 된다고 설명해주었다.

여러 해가 지난 지금도 여전히 예의바른 아이들을 보면 정말 자랑스럽다.

예법을 갖추고 행동하는 이들의 말을 우리는 경청한다. 멋대로 날뛰고 소란을 피우는 것보다 훨씬 좋은 인상을 남긴다. 함께 있어서 좋은 느낌을 받는다.

본래 자신감이 넘치는 사람이라 해도 인생을 살다보면 자신감을 얻기도 하고 잃기도 하는 법이다. 모쪼록 나이를 먹어가며 자신감을 잃는 시간이 얻는 시간보다 적기를 바란다. 일혼이 넘었으니 전보다 자신감이 덜할 것이라 생각하기 쉽지만 사실 반대다. 거절이나 모욕을 걱정하지 않기 때문에 어느 때보다 자신감이 있다. 모델로 살아오며 열에 아홉은 거절을 경험했다. 자신감을 잃으면 왜 자신감을 잃어가는지 이유를 찾아야 한다. 많은 여성이 자신감이 없다. 모든 일을 잘해야 한다는 강박관념과 사람들의 비판에 시달려서이기도 하고, 어쩌면 너무 많은 일에 손을 댔다가 하나도 성공하지 못하기 때문일 수도 있다. 잘하는 것에 집중하고 모두 다 잘하려고 애쓰지 말자.

어린 시절 나는 학교 공부는 잘했지만 체육에 젬병이었다. 온갖 스포츠에 손을 대봤는데 그랬다. 쌍둥이 자매 케이는 반대로 공부는 별로였고 대신 체육에 타고난 재능이 있었다. 우리는 서로를 자랑스럽게 여겼으며 각자의 성취를 인정했다. 둘 다 잘하지 못한다고 상심하는 일도 없었다.

보통은 자신 있는 편인데 돌연 자신감이 사라져버렸다면 그 이유를 분석해보라. 무슨 일로 자신감이 사라졌는지. 누군가 몹시 마음 상하게 하는 말을 했나? 그들이 그걸 알기는 했나? 나는 그 말에 왜 그렇게 상처를 받았을까? 직장에서 일하다보면 잘하고 싶은 업무를 나보다 잘하는 사람들을 접하게 된다. 그럴 때마다 재능을 기르려고 더 노력하고 나보다 경험 많고 능력 있는 이들로부터 배워야 한다.

이혼 후 나는 행복한 아이들을 기르며 단란한 가정을 꾸리고, 다정한 친구들을 새로 사귀고 영양사로 또 모델로 성공을 일구면서 자신감을 되찾았다.

잃어버린 자신감은 대대적인 변화를 통해 되찾을 수도 있다. 늘 낙담한 채 살 수는 없다. 있는 그대로의 우리를 인정해주는 가족, 친구, 동료를 곁에 두어야 한다. 그러면 자신감 넘치는 당당한 태도로 삶을 살아갈 수 있다.

PART 2

ADVEN-
TURE

모험

자카란다 피는 철

나만의 길을 가자

대다수 사람은 규범을 따라 산다. 내 아버지는 그러지 않았다. 그는 비범했다. 비행기로 세상을 일주하고 싶어했다.

나의 아버지 조슈아 홀드먼은 탐험을 좋아했고 자동차만으로는 성이 차지 않았다. 그래서 나는 벨랑카Bellanca 비행기와 함께 자랐다. 캔버스 천으로 만들어진 이 프로펠러 비행기를 아버지는 어머니의 이름을 따 위니라고 불렀다.

어머니의 본명은 위니프리드였지만 다들 윈이라고 불렀다. 정말로 멋진 분이었다. 내가 나이를 먹을수록 어머니가 얼마나 훌륭한 분이었는지를 더 실감한다.

어머니는 영국에서 캐나다로 이민한 부모님을 따라 무스조라는 마을에서 자랐다. 아버지 쪽은 일찌감치 1727년 스위스에서 필라델피아로 이민을 왔다. 미네소타주에서 태어난 아버지는 네 살 때 캐나다 서스캐처원주 월덱으로 가족과 함께 이주해 농장에서 자랐다.

어머니와 아버지는 대공황 직후에 만났다. 캐나다의 대공황 시기는 끔찍했다. 먹을 것을 구걸하고 아이들을 치료해달라는 사람들이 넘쳐났다. 살아남기 위해 물물교환에 의존하기도 했다. 아이오와주 대븐포트에서 척추 지압을 공부한 아버지는 말을 길들여주는 대신 공짜로 하숙방을 썼고 척추 지압 치료를 해주며 생계를 꾸렸다. 겨우 열여섯이던 어머니는 무스조 타임스 헤럴드 신문사에서 둘밖에 남지 않은 직원 중의 하나로 일했다. 급료가 가장 낮아서 잘리지 않은 것이다. 그렇게 번 돈으로 어머니의 가족이 입에 풀칠을 했다.

20대 때 어머니는 무용수 수업을 받았으며 시카고, 뉴욕, 밴쿠버에서 무용에 연출법까지 공부했다. 그 시절 독신 여성으로서 그 먼 거리를 기차를 타고 여행한다는 것이 상상되는가. 실로 모험이었다.

대공황 이후 부모님은 서스캐처원주의 리자이나로 건너가 아버지는 척추 지압소를, 어머니는 무용학교를 각각 열었다. 그 무렵 지역신문 기사를 보면 춤을 추는 어머니와 학생들, 학교 사진도 나온다.

아버지는 볼룸댄스 교습을 받으러 왔다가 어머니에게 반해 저녁을 함께 먹자고 했다.

고객과는 데이트하지 않는다는 어머니 말에 아버지는 수강 등록을 취소한 뒤 다시 저녁식사를 청해 승낙을 받아냈다.

빈털터리였던 부모님의 결혼사진은 우중충하다. 어머니는 수수한 회색 슈트를 입었고 아버지도 정장 차림이다. 어머니는 늘 손수 옷을 지어입었으므로 결혼식 슈트도 아마 그럴 것이다. 그래도 두 분은 출발부터 늘 웃음을 잃지 않았고 항상 행복했다.

부모님은 리자이나에서 네 아이를 낳았다. 아버지에게는 전처와의 사이에 낳은 아들이 하나 있었다. 아버지와 꼭 닮은 오빠 제리다. 이어서 오빠 스콧, 언니 린, 그리고 1948년에 케이와 내가 쌍둥이로 세상에 나왔다.

케이와 내가 태어난 바로 그해 부모님은 벨랑카를 샀다. 두번째 비행기였는데 첫번째 루스콤은 리자이나에서 캘거리로 차를 몰고 가다가 샀다고 한다. 어느 농부의 땅에 '매물' 딱지를 달고 비행기가 서 있었다. 현금은 없지만 차가 있었던 아버지는 차와 비행기를 맞바꿨다. 그리고 어머니는 리자이나행 기차에 실어보내고 아빠는 조종사를 고용해 리자이나로 비행해 돌아왔다.

대공황 시절 말을 길들이다가 다친 내이 탓이겠지만 아버지가 멀미를 하는 바람에 조종사는 가끔씩 길거리에 착륙해 아버지 속이 가라앉기를 기다려야만 했다. 직접 몰면 절대 멀미하는 법이 없었지만 승객으로 타면 아버지는 종종 편치 못했다.

그때 아버지는 마흔넷이었다.

아버지는 서스캐처원과 앨버타 인근을 자주 비행했다. 로스앤젤레스까지 날아간 적도 있는데 스모그 때문에 공항이 잘 보이지 않았다. 비행술이 요즘처럼 발전하기 전이었다. 한 번은 미개척지대를 비행하는 조종사의 뒤를 따라 로키산맥을 건너 돌아오기도 했다.

나는 생후 석 달 됐을 때 최초로 비행을 경험했다. 아이오와주에서 열린 회의에 부모님이 나와 케이를 데려간 것이다. 에드먼턴을 잠시 경유했는데 이걸 아는 건 지역신문에 케이와 나의 사진이 실렸기 때문이다. 우리는 '비행하는 쌍둥이'라고 불렸다.

아버지는 대단한 분이었다. 두려움을 몰랐고 모험심이 강했다. 우리는 아버지를 전적으로 신뢰했다.

솔선수범하는 분이기도 했다. 온종일 일했고 사려가 깊었으며 친절했다. 말수가 적은 온순한 거인이었다고나 할까. 내가 토스카를 임신했을 무렵 돌아가셨기에 내 아이들은 외할아버지에 대한 기억이 없다. 세 아이 다 휘파람을 잘 부는데 그걸 들을 때마다 항상 콧노래를 부르던 아버지 생각이 나면서 절로 미소가 떠오른다. 행복해야만 휘파람이나 콧노래가 나오는 법이라고 늘 생각해와서인지 기분이 좋아진다.

부모님은 1950년에 캐나다를 떠나기로 결심했다. 남아프리카공화국에 다녀온 선교사들로부터 그곳이 정말 아름답다는 말을 듣고서였다. 그렇게 우리는 비행기와 1948년형 캐딜락과 그 밖의 소유물을 모두 싣고 두 달간 화물선 항해 끝에 아프리카에 도착했다. 두 살배기 쌍둥이에 여섯 살, 여덟 살 먹은 아이 둘까지 거느리고 어머니는 어떻게 그 긴 여행을 버티셨을까 지금도 궁금하다.

아버지는 언제나처럼 직접 분리한 비행기 날개를 운송용 상자에 담아 케이프타운으로 부쳤다. 도착 직후 우리는 아버지가 날개를 다시 조립하는 동안 공항에서 기다려야 했다. 운송용 상자의 목재는 나중에 병원을 열었을 때 각종 가구가 되었는데 자그마치 수십 년을 살아남은 책장도 있었다.

내륙에서 살고 싶어하는 아버지에게 사람들은 영어를 쓰는 요하네스버그로 가라고 했다. 프리토리아에서는 다들 아프리칸스어를 쓰고 정착하기 훨씬 어려울 것이라고들 했다.

하지만 우리는 프리토리아를 택했다. 자카란다꽃이 피는 철이어서 온 도시가 라일락 향에 뒤덮여 있었다.

그렇게 아름다운 풍경은 한 번도 보지 못했던 아버지가 말씀하셨다. "여기서 살자."

우리는 그렇게 프리토리아에서 자랐다. 사람들은 따뜻했고 집에는 커다란 나무들이 심어져 있었다(서스캐처원 초원

지대에서는 보기 드문 일이다). 아프리카너들은 아는 사람이건 아니건 어른은 다 삼촌^Oom^과 이모^Tannie^로 불렀다. 그것도 무척 정겹게 느껴졌다.

캐나다에서는 우리 부모님이 싱글프로펠러 비행기에 어린 아이들을 태우고 여기저기 날아다닌다고 우리를 미친 사람 취급했다. 전례없는 일이기는 했다. 그러다 남아프리카공화국에 오니 더욱 미친 사람들이 되었다. 대놓고 '미친 미국인들'이라고 부르는 사람도 있었다(물론 우리는 캐나다인이었지만 그들에게는 이러나저러나 똑같았다).

사람들은 우리가 남들처럼 살지 않기 때문에 괴상하다고 생각했다. 단지 외지에서 왔기 때문이 아니었다. 캐나다에서도 우리는 우리 방식대로 살았다. 가족여행뿐만 아니라 다른 아이들은 사 입는 교복을 우리는 어머니가 지어준 것으로 입고, 차가 아닌 커피를 마셨으며, 다른 아이들은 부모님 허락을 받아야 친구들을 집에 들일 수 있었는데 우리는 언제나 뒷문을 열어놓았기 때문에, 다른 사람들은 흰 빵 샌드위치를 먹는데 우리는 갈색 빵 샌드위치를 점심으로 싸갔기 때문에 괴상하다고 생각했다. 부모님은 군것질할 용돈을 주지 않았다. 매점에서 파는 소시지롤과 코니시 패스티가 간절히 먹고 싶었지만 용돈을 그런 것에 낭비하고 싶지는 않았다. 우리집에는 캐딜락 자동차도 있었다. 아버지 친구 집과 우리집에만 있는 수입 캐딜락 자동차였다. 그리고 물론 비행기가 있었다. 역시 아버지 친구 말고는 비행기가 있는 집은 또 없었다.

아버지는 절대로 남들을 따라 하지 않는 분이었다. 그냥 뭐든 하고 싶으면 했다. 어머니도 마찬가지여서 아버지를 만나기 전부터 이미 자신만의 커리어를 쌓기 시작했다.

내가 다섯 살일 때 두 분은 프리토리아에서 척추 지압술 학회가 열린 노르웨이 오슬로까지 아프리카와 스페인, 프랑스 각지를 거쳐 비행했다. 런던에 잠깐 들러 아버지가 아는 현지의 척추 지압사와 만나기도 했다.

내가 여섯 살 때는 호주 비행도 다녀오셨다. 물론 돌아올 때도 직접 비행기를 몰았으니 왕복 4천 8백 킬로미터가 넘었다. 이런 삶의 방식은 두 분에게는 당연했지만 이웃들에게는 아니었다. 그뿐 아니라 GPS도 무선통신도 없었기에 나침반에 기대어 비행해야 했다. 치밀한 계획이 필요했고 두 분은 항상 미리 계획했다. 언제라도 문제가 발생할 수 있고 그럴 때에 대비해 준비가 되어 있기를 원해서였다. GPS가 없으니 지도를 주의깊게 들여다봐야 한다. 무선통신이 없으니 믿을 사람은 자신뿐이다. 그 정도 거리를 가려면 연료도 많이 필요해서 비행기 뒷좌석을 없애고 연료탱크를 들여놓았다. 호주

대양을 건너는 데 추가로 필요한 연료였다. 비행기를 수리할 장비도 있었다. 아버지는 직접 비행기를 수리할 줄 알았다.

부모님은 세심한 주의로 이런 여행에서 살아남았다. 날씨를 점검하고 나침반을 썼으며 지도를 확인하고 저공비행으로 내릴 곳이 맞는지 표지판을 본 다음 착륙했다. 공항이 없으면 운동장이나 길거리에 착륙하기도 했다. 두 분은 나보다 용감했다. 지금 생각해보면 그런 모험들 끝에 살아남으신 것이 용하다 싶다.

비행기가 있다고 다 뜻대로 되는 것은 아니다. 뭔가 잘못되면 다른 계획을 세워야 한다.

두 분은 아프리카 해안, 아시아, 태평양을 건넜다 돌아오고는 했다. 아버지와 어머니가 위니를 타고 세상을 탐험하러 태평양 상공을 비행할 때 항로를 표시해둔 지도가 지금도 남아 있다.

이미 도합 60개국을 다녀온 뒤였다. 어디든 체류한 곳은 날개에 그려 기록으로 남겼다.

어려서부터 우리는 스스로를 책임져야 했다. 아무리 옛날이라 해도 드문 일이었다.

케이와 나는 네 살 때부터 손을 맞잡고 걸어서 등교했다.

8백 미터쯤까지 교차로가 세 번 나왔는데 일곱 살이던 린 언니가 무사히 길을 건너게 도와줬다. 하지만 유치원은 언니의 학교보다 족히 3백 미터는 더 가야 하는 거리였고 그래서 케이와 나는 그만큼은 단둘이 걸어야 했다. 하굣길에는 언니네 학교까지 걸어가 기다렸다가 함께 집으로 돌아왔다.

우리는 자립적인 아이로 자라나게 길러졌다.

스콧 오빠는 부모님과 떠난 여행 하나를 잊지 못한다. 중앙아프리카와 우간다, 케냐, 잔지바르, 나이로비 상공을 비행한 여행인데 잔지바르와 나이로비에서는 혼자서 길거리를 돌아다녀도 좋다는 허락을 받았다. 오빠 말대로 요새라면 아동학대란 소리를 들을 만한 행동이지만 우리 가족에게는 지극히 정상이었다.

가족여행을 떠나면 각자 제 앞가림을 할 수 있어야 했다. 처음으로 말을 탄 건 지금은 레소토라고 부르는 곳에서였다. 대부분이 산지인 지역이었는데 며칠에 걸쳐 백 킬로미터를 이동했다. 프리토리아에서 태어난 남동생 리는 겨우 다섯 살배기여서 엄마와 집에 남았다. 스콧 오빠는 열일곱 살이었다.

날마다 긴 시간을 안장 위에서 보냈다. 고달픈데다 비도 많이 내렸다. 불 한번 안 피우고 각종 통조림과 빵으로 끼니를 때웠다. 밤이면 소들이 얼굴을 핥거나 담요를 뺏으려 들어

잠도 푹 못 잤다.

아마 그래서 아이들하고 좁은 아파트에서 살아도 하나도 힘들지 않았나보다. 소파베드는 결코 안락한 잠자리라 할 수 없지만 짭짤한 볼을 핥아대는 수송아지 없이 실내에서 숙면할 수 있는 것만으로도 괜찮았다.

사람들의 요구를 항상 다 맞출 필요는 없다. 나름대로의 길을 개척해가도 된다. 나는 어렸을 때 배운 이 교훈을 어른이 된 후에 활용했다. 영양사 학위를 취득하고 나서 임신을 하자 어디서도 일자리를 찾을 수가 없었다. 그래서 내 사무실을 냈다. 동료들은 개업 전에 병원에서 최소한 5년은 보내야 한다며 겁주었다. 하지만 그것은 불가능한 선택이었고 나는 사람들이 식생활을 개선할 수 있도록 돕는 일이 재미있었다. 전 세계를 돌아다니며 영양사 사무실을 열고 또 열었던 단 하나의 이유다. 이사는 끔찍하지만 재미있고 신나는 일이라면 늘 시도해볼 의욕이 내게는 있는 모양이다.

똑같은 직업을 갖고 똑같은 공간에서 매일 똑같은 일을 하며 살아도 행복하다면 그렇게 살면 된다.

마음이 잡히지 않고 불행하다면, 변화를 원한다면, 무엇을 할 수 있을지 어디서 살지 어떤 직업이 가장 보람 있을지 궁리를 시작하라. 새로운 장소에 관해 배우고 새로운 사람들과 어울려보면 정신세계가 확장되고 더 행복해진다.

아버지는 늘 말씀하셨다. "홀드먼 사람이라면 못할 것이 없다." 그 말씀을 나와 형제들은 항상 믿었다. 내 아이들에게도 보여주었다고 자신한다. 머스크 사람이라면 못할 게 없다는 걸.

탐험

예측되는 것에는 계획을 하고
예기치 못한 것에는 준비를 갖추어라

해마다 7월이면(남아프리카공화국에선 겨울이다) 온 가족이 잃어버린 도시 칼라하리를 찾아 나섰다. 당시 보츠와나는 베추아날란드로 불렸다. 어떤 때는 아버지는 비행기를 몰고 어머니는 차를 운전해 갔다. 또 어떤 때에는 모두 트럭에 올라 나침반에 의지해 칼라하리사막을 3주 만에 횡단하기도 했다. 어머니는 아이 다섯을 태우고 3주간 먹을 식량, 물, 기름을 함께 차에 실었다.

아버지는 우마차를 타고 사막을 횡단했던 19세기 캐나다인 기예르모 파리니의 책을 보고 잃어버린 도시를 찾아 나선다는 발상을 얻었다. 파리니는 잃어버린 도시의 흔적을 찾았다고 주장했는데 나이아가라폭포를 줄타기로 건너기도 했다니 모험을 사양하지 않았던 사람임에 틀림없다.

차를 타고 파리니의 행로를 추적하고 싶어한 아버지 덕에 이 탐험은 우리 가족의 7월 여행으로 자리잡았다. 생각해보자. 아이 다섯을 3주간 사막에 데려간다? 상상하기 어려운 일이다. 물론 어머니는 동행하지 않아도 됐다. 그냥 아이들과 집에 남아도 됐다. 하지만 아버지만 혼자 보내고 싶지 않아서 온 가족이 함께 떠났다.

아버지와 어머니가 있었기에 사막 여행이 전혀 두렵지 않았다. 하이에나가 얼굴을 뜯어먹을지 모른다는 소리를 들었을 때조차도 그저 그런 일이 일어나지 않게 침낭을 바짝 당겨 닫았을 뿐이다. 이런 여행길에서 일이 틀어질 수 있다는 생각이 들지 않았다. 항상 준비가 철저했던 부모님이야 안전 문제를 의논했을 테지만 어떻게든 답을 찾아내는 듯했다. 짐도 어머니가 싸주셨기에 나는 신경쓰지 않았다. 돌이켜보면 어머니는 정말로 우리 다섯 아이의 옷, 식량, 물까지 온갖 세세한 것들을 챙겨야 했다. 아버지는 지도와 나침반, 가스, 자동차 정비도구 등을 준비했다. 두 분은 정말 굉장했다.

모든 것을 사전에 고려했다. 3주간 마실 물과, 야채며 과일 통조림을 사들여야 했다. 신선한 음식은 첫 주에만 먹을 수 있었고 그러고 나면 동이 났다.

이때가 우리 가족의 좌우명인 "위험하게, 그리고 신중하게 살아라"가 시험에 드는 순간이었다. 물론 틀어지는 일이 있게 마련이다. 그러니 그게 무엇일지 미리 생각하고 계획을 세워야 한다.

우리는 길을 잃을 수도 있다는 걸 알았다. 사막에서 죽은 사람들의 묘비명도 보였다. 이따금 아버지가 통역 가이드를 고용하기도 했지만 서로 다른 언어를 쓰는 부족이 하도 많아서 보통 우리끼리 다녔다. 보츠와나는 영국의 지배를 받았기에 베추아날란드 정부에 고용된 낙타 순찰대가 있었다. 부모님은 어느 조그만 마을에서 출발해 여행이 다 끝나면 다른 마을에 도착하도록 계획을 세웠고, 낙타 순찰대는 우리가 인근에 있으며 언제 도착할지 알았다. 혹시 3주가 지나도 우리가 나타나지 않으면 순찰대가 우리를 찾으러 오도록 조치되어 있었다.

모래에 파묻힐 수도 있었기에 아버지는 삽도 챙겼다. 모래에 파묻히면 삽으로 모래를 퍼냈다. 도로가 없었기 때문에 우리 형제들은 돌아가며 차에서 내려 덤불숲에 웅덩이나 밑동 같은 게 없는지 확인하곤 했다. 혹시 트럭이 말썽을 일으키면 고칠 수 있는 도구들도 있었다. 언젠가 차로 나무 밑동을 친 적이 있는데 아버지와 스콧 오빠가 불을 피우고 용접봉을 데워서 차를 수리하고 여행을 계속할 수 있었다.

물건은 당연히 고장이 났지만 우리는 당황하지 않았다. 고장난 것은 고친 다음 그렇게 계속 나아갔다. 살면서 우리는 일어나지 않는 일을 두려워한다. 나쁜 일이 일어나면 해결책을 찾아야 한다. 한번은 식수에 연료가 들어갔다. 어쩔 수 없이 연료가 섞인 물을 마셔야 했다. 최대한 속히 신선한 물을 얻었고, 그렇게 해결됐다.

날마다 새벽에 일어나서 짐을 꾸리고 어두워질 때까지 차를 본 다음 다시 캠프를 차렸다. 식량을 보관하는 텐트도 따로 있었다.

모두가 일을 분담했다. 케이와 내가 마른나무를 모아 가지고 오면 오빠가 장작불을 피웠고 어머니는 물에 계란 분말, 분유, 밀가루, 베이킹파우더를 섞어 커다란 무쇠 냄비에 스콘을 구웠다. 사막 한가운데서 갓 구워 따끈따끈한 스콘을 먹는다니! 이게 가능하려면 얼마나 계획을 세워야 했을지 짐작이 가는가? 어른이 된 후에도 그 맛있는 스콘을 구워주려고 어머니가 미리 하셨을 일을 되새겨보곤 한다.

아버지에게는 매주 한 지구에서 동물 한 마리를 사냥할 허가증이 있었다. 수사슴이나 뿔닭을 잡아 배불리 먹고 나서 나머지는 누가 됐건 마주치는 부족에게 주기도 했다. 가족 전원이 사막에서 사격 교습을 받기도 했다. 어머니는 사격 솜씨도 아주 훌륭했다.

필요한 것은 다 가지고 갔다. 케이와 나는 밤과 아침에 씻을 물 한 그릇을 받았다. 사막의 밤은 몹시 추워 물이 얼어붙었고 그래서 아침이면 얼음을 부숴 손과 얼굴을 씻어야 했다.

안락한 집을 벗어나서도 사는 법을 우리는 배웠다. 그래야 하는 거면 그러는 거다.

덤불숲 뒤에서 용변을 보았고 샤워는 포기했다. 사막 모래는 더럽지 않아 견딜 만했다. 부모님이 다음 갈 곳을 궁리하는 동안 우리 형제들은 책을 많이 읽었다. 저마다 책에 얼굴을 박고 탐독하는 사진도 남아 있다.

안락하지 않아도 생존할 수 있다는 것을 확실하게 배웠다. 많이 갖지 않고도 살아나갈 수 있다.

언제든 지출을 줄일 수 있다는 것도 이 경험을 통해 배웠다. 빚지지 말고, 호의호식하는 사람들을 시기하지도 말고, 그저 최선을 다해 살아남은 뒤 성공을 도모해야 한다.

어느 해 겨울 헨드릭이란 가이드의 도움을 받았다. 헨드릭은 불가에서 잠을 잤다. 동물들은 불 곁으로 다가오지 않으니 가장 안전하다는 것이 그의 설명이었다.

그런데 어느 저녁 아버지가 탁자 위 파라핀 등을 켜자 캠프 안에 사자 한 마리가 있었다. 아버지는 텐트로 천천히 돌아와 말했다. "윈, 사자야. 회중전등과 총을 줘." (아버지는 플래시를 늘 회중전등이라고 불렀는데 캐나다로 돌아온 뒤로는 바꿔 써야만 했다.)

사자가 어슬렁어슬렁 불가에 있던 헨드릭에게 다가갔다. 안타깝게도 헨드릭의 규칙을 전달받지 못해 불 곁으로 다가가면 안 된다는 것을 모르는 사자였다.

아버지가 외쳤다. "헨드릭, 사자예요!"

헨드릭은 헐레벌떡 담요에서 빠져나와 불 위를 건너뛰며 "보에첵!" 하고 고함을 쳤다. '저리 가'라는 뜻이었다. 느릿느릿 캠프 밖으로 나가는 사자를 향해 아버지가 총을 두어 발 쏘았지만 반응하지 않았다. 캠프 바로 밖에 짝이 기다리고 있었다. 아버지가 차에 올라타 쫓아내려 했으나 사자들은 캠프 옆 모래언덕으로 올라가 오전 내내 우리를 지켜보았다.

남동생 리는 그날 차에서 자야 했던 걸 기억한다. 우리 중 가장 어려서 가장 맛있을 먹잇감이었기 때문에 그렇게 지켜줘야 했다.

아버지는 두려워 보이지 않았는데, 사실은 두려웠을지 몰라도 내색하지 않았다. 아버지의 든든한 모습 덕분에 우리는 안전하다 느꼈다.

이 사막 여행길에서는 동물들, 벌레들과 많이도 마주쳤다. 스프링복, 누, 도마뱀, 개미총, 독수리, 그 밖의 맹금류들. 어머니가 전갈에 물려 지혈대를 대고 피를 빨아내야 했던 일도 있고, 타조가 린 언니를 쫓아다닌 우스운 일도 있다. 물론 하이에나도 있었는데 퍽 사나운 동물이라 무서웠다.

스콧 오빠와 오카방고 강변을 산책하러 나간 아침이었다. 뿔닭 하나가 오빠의 총을 맞고 강물에 떨어졌다. 오빠는 나더러 헤엄을 쳐 잡아오라고 했다. 물에서 나온 내 발밑에서 뭔가가 움직였다. 악어였다. 강물이 악어로 가득하다는 것을 몰랐던 것이다. 기겁했지만 이렇게 살아 있는 걸 보면 무사했던 셈이다.

아버지야 그 잃어버린 도시를 찾고 싶어했지만 우리는 아니었다. 아버지는 그곳에 스무 번이나 갔고, 그중 여덟 번은 나도 함께였다. 잃어버린 도시를 찾지 못해서 실망스럽지는 않았다. 부모님도 실망을 표하지 않았다. 우리는 수많은 모험을 했으며 가족들과 즐거운 시간을 보냈으니 그걸로 족했다.

목표를 세웠으나 뜻대로 되지 않아도 괜찮다.

아버지는 미지의 세계를 탐험하고 새로운 문화를 배우고 새로운 지역을 발견하는 걸 그냥 즐기셨던 것 같다. 아버지와 어머니는 결코 배움을 멈추지 않았다. 아버지는 자신만의 길로 사막을 건너기를 무척 좋아하셨다. 항상 나침반을 썼기에 우리는 길을 잃지 않았고 아버지가 계획한 그곳에 도착할 수 있었다.

해보는 거야

찾아온 기회를 수락하자

내게는 커리어에 대한 계획이 있었다. 과학을 공부하려고 했다. 의학 아니면 미생물학, 또는 생화학을 고려했다. 아버지는 4년 만에 졸업해서 취직할 수 있는 학위에 도전하라고 권했다. 그래서 영양학을 공부하기로 결정했다.

3학년 때 한 친구가 말했다. "너를 발의 여왕Vaal Queen에 추천할 생각이야."

"그게 뭔데?"

그 정도로 아는 게 없었다.

미인대회라고 그가 설명해주었다. 미인대회라고는 나가본 적도 없었다. 나 같은 책벌레가 웬 미인대회냐고 내가 말했다.

그는 장난삼아 나를 추천했는데 덜컥 후보에 올랐다. 나가야 할지 확신이 서지 않았다. 아무래도 나와는 맞지 않았다. 그럼에도 수락해버렸다. 해보는 거야, 그냥. 결국에는 별일도 아닐 거잖아.

훗날 기억도 안 날 실없는 오후가 될 거라고 생각했다. 그런데 그 일이 내 인생을 바꿔놓았다.

미인대회에 나간 건 정말 잘한 일이다. 요하네스버그에 있는 좀더 전문적인 모델 에이전시와 연이 닿았고 놀랍게도 모델 일이 평생토록 내 삶의 두번째 커리어가 돼주었다.

미인대회가 열린 건물에 도착하기 전까지는 이런 행사에

대단히 진지하게 임하는 여자들이 있다는 걸 몰랐다. 다시 말하지만 난 학생이었고 경험이 없었기에 이것이 경쟁이며 왕관을 차지하기 위해 시간과 돈을 들여야 한다는 걸 알 길이 없었다. 다른 참가자들은 굉장히 화려했다. 미용실에서 머리를 손질하고 화장도 전문가의 도움을 받은 게 분명했다. 수영복도 내 것과는 달랐다.

나는 평소 입던 수영복에 머리와 화장도 직접 했다. 온 가족이 와주었는데 이런 행사와 거리가 먼 가풍을 생각하면 사실 놀라운 일이었다.

무대 뒤에서 순서가 배정되었다.

"첫번째는 싫어요." 첫 순서로 나가게 된 여자가 말했다.

"그럼 내가 할게요." 내가 나섰다. 나는 두렵지 않았다. 자신이 있어서가 아니라 그 무대 위를 걷는 일이 하나도 중요하지 않았기 때문이다. 시험이 더 신경쓰였고 바람피운 남자친구도 있었다. 더 중요한 일들이 있었던 거다. 우리는 모두 무대 위를 걸었다. 행사가 끝난 후에 케이가 울먹이며 말했다. "네가 최고였어."

"퍽이나 그랬겠다." 내가 말했다.

그런데 내가 우승을 차지했다. 굉장히 기뻤다.

몇몇 동료 참가자들은 굉장히 속상해했는데 이 대회에서

입상해 모델로 성장하고 싶었기 때문이다. 나는 우승을 해서 기쁘기는 했지만 그저 재미있는 경험일 뿐이라고 생각했다. 약 150달러에 달하는 상금 100랜드, 요하네스버그에 있는 모델 에이전시와의 계약, 모델 교습비가 부상으로 주어졌다.

그리고 볼링장 입장권도 열 장 받았다.

재밌게도 내가 우승을 하고 저마다 사진을 찍고 나자 그걸로 끝이었다. 뒤풀이도 없이 다들 행사장을 떠났다. 그래서 우리 가족은 입장권을 들고 볼링장에 갔다. 멋진 시간이었다. 생각도 못해본 일이었다. 모델 교습이 프리토리아에서 고작 50킬로미터 떨어진 요하네스버그에서의 화보 촬영으로 이어지리라고는 상상도 못했다. 바로 그곳이 모델 활동의 주무대였다. 나는 언니의 차를 몰아 요하네스버그로 갔고 거기서 제대로 된 모델에게 필요한 각종 기술과 직업 정신을 배웠다.

모델 활동을 결심한 것과 학위를 취득하기 위해 노력하는 것은 완전히 별개의 일이었다. 내 인생의 초점은 영양학을 공부해 영양사 사무실을 차리는 데 있었다. 나는 결코 모델 활동을 수입원으로 삼아 의존하지 않았다. 모델로 일하는 건 확실히 도움이 됐지만 무엇보다도 재미있어서, 패션계에 남아 창조력이 뛰어난 사람들과 만나는 게 좋아서 그 일을 했다.

모델로서의 커리어는 내게 많은 것을 가져다주었다. 모델 일 덕분에, 영양사로 일하며 과학자들과만 어울렸다면 만나 보지 못했을 전혀 다른 동료와 친구들을 만났다. 그뿐 아니라 모델 일을 하며 세계 곳곳의 도시를 탐험할 수 있었다. 캐스팅은 어디서나 일어날 수 있으며 촬영도 끔찍한 장소부터 환상적인 장소까지 다양한 곳에서 이뤄지기 때문이다.

이제 나는 별로 고민하지 않고 하겠다고 말한다. 호기심이 들기만 하면, 재미있거나 우습거나 더 나은 상황을 만들어줄 것 같으면 수락한다.

변화를 가져오고 싶다면 이렇게 말해보자. "해보는 거야."

당시 모델 대회 출전은 가볍게 '해보는 거야' 하는 느낌으로 응했다. 하지만 이러한 태도는 때로 훨씬 중대한 인생의 변화 앞에서도 올바른 태도가 될 수 있다.

서른일곱이 된 토스카는 아기를 갖기로 결정했다. 일과 생활에 집중하느라 아기 생각은 항상 뒷전으로 밀려나 있었다. 그런데 날이 갈수록 아기를 가질 확률이 줄어든다는 생각이 들었고 그렇다고 단지 아기를 갖기 위해 누군가와 눌러앉고 싶은 생각은 없었다. 체외수정을 통해 아기를 낳겠다는 토스카의 선언에 온 가족이 지지를 보냈다.

독신의 몸으로 아기를 갖는 데 반대한 사람들도 물론 있었다. 혼자서 아이를 기르기란 보통 어려운 일이 아니다, 바른 선택이 될 수 없다, 커리어에도 안 좋을 거고 아이 본인에게도 좋지 않다, 그런 말들이었다. 하지만 그것은 그들 이야기였다. 우리와 상관없는 이들이 이렇게 살아야 한다, 저렇게 살아야 한다, 하는 말을 듣고 결정해선 안 된다. 물론 아기를 낳는 건 어떤 상황에서건 중대한 삶의 변화를 가져다준다.

나는 이렇게 말해주었다. 그렇게 하자! 정자 제공자도 함께 찾자! 남자가 안 끼는 게 훨씬 수월하다는 말도 했는데 딸아이는 이 말에 아직도 전적으로 동의한다고 한다. 온갖 검사(정말 많았다)와 실망(때로 가슴 아팠다)을 함께 거쳤다. 힘든 여정이었다. 수정란 이식 후 나흘 동안 누워 있어야 해서 내가 뉴욕에서 급히 날아왔다. 마침 그 주에 이사를 하기도 했다. 토스카가 소파에 누워 〈웨스트 윙〉을 보는 동안 나는 그 애의 물건을 전부 뒤져 중고품 할인점에 기부할 것은 기부하고 버릴 것은 커다란 쓰레기봉투 열두 개에 담았다. 서른여덟 번째 생일에 수정란 두 개가 모두 착상돼 마침내 임신에 성공했음을 알게 됐다. 누구나 그렇겠지만 임신 기간 동안에도 녹록하지 않았다. 이제 토스카에겐 날마다 우리 삶을 반짝반짝 빛나게 해주는(그리고 때로 우리를 시험하는) 아름다운 아이가 둘 있다. 체외수정으로 임신하는 여자들은 모두 박수를 받아야 한다. 그만큼 힘이 들고 그만큼 가치 있는 일이다.

토스카는 아이를 갖기로 한 게 자기 인생 최고의 결정이었다고 말한다. 아이들 덕에 평화를 얻고 조건 없는 애정을 느낀다는 것이다. 아이들로 인해 세상을 완전히 다른 방식으로 바라보게 된단다. 어떻게 해야 더 나은 세상을 만들 수 있을까? 어떻게 해야 아이들을 도와줄 수 있을까? 한결 겸손해지고 영감도 받는다고 한다.

토스카의 직업이 전 세계를 누비며 영화를 만드는 일이라 쉽지는 않지만, 아이들은 간혹 같이 여행길에 올라 새로운 곳을 함께 경험하고 열심히 일하는 엄마의 모습을 본다(내 아이들이 열심히 일하는 내 모습을 봤던 것처럼). 내가 아이들을 돌봐주기도 한다.

작은 기회건 큰 기회건 옆에서 나 아닌 다른 사람이 "해보는 거야"라고 말해줄 수도 있다. 하지만 중요한 건 어떤 일이 '나'를 행복하게 해줄까 하는 것이다. 스스로에게 끊임없이 문을 열어주자. 해보기 전까지는 모르는 일이잖은가.

우리 삶의 주도권을 쥐고 행복을 겨냥하자

어린 시절 우리 집안에는 항상 친절과 배려가 넘쳤다. 그러다 하나하나 세상에 나온 이후로 우리는 현실과 맞부딪치기 시작했다. 형제들과 나는 집을 떠나고 난 후에야 사람들이 얼마나 끔찍할 수 있는지 알았다고 농담을 주고받는다. 나는 누구나 내면에 선량함을 지니고 있다고 믿었고, 그 결과 고통을 겪었다. 안타깝게도 나 자신을 지키는 법을 배우기까지 긴 시간이 걸렸다.

나는 우리 가족이 살았던 프리토리아에서 대학을 다녔다. 북아메리카 출신 부모 밑에서 자랐고 집에서 영어를 썼지만 영양학 학위는 아프리칸스어를 쓰는 한 대학에서만 받을 수 있었다. 모든 강의가 아프리칸스어로만 진행됐다. 언어장벽 때문에 남보다 더 열심히 해야만 따라갈 수 있었고 친구를 사귀기도 쉽지 않았다.

열여섯 살 때부터 사귀었다 헤어졌다 해온 남자친구가 하나 있기는 했다. 드물게 수학과 과학을 나보다 잘하는 남자였는데 나와 결혼하고 싶다는 말을 입에 달고 다녔다.

그랬던 그가 다른 여자와 바람을 피웠다는 사실을 알았을 때 너무나 속이 상해 밥도 넘어가지 않았다. 일주일을 울었다. 슬퍼서 4.5킬로그램이나 빠졌다. 바로 그때 발의 여왕 대회에 참가했고 덕분에 전문적인 모델 훈련을 받고 계약을 따냈으며 학교 밖에서의 완전히 새로운 삶이 시작됐다. 요하네스버그에 가서 모델 일을 했는데 썩 괜찮았다. 미스 LM 라디오로도 뽑혔다. LM 라디오는 최신 히트곡을 틀어주는 가장 쿨한 라디오 방송국이었다.

미스 남아프리카공화국 결선에도 나갔다. 아프리칸스어로 공부하는 데 지쳐 있었던 터라 만약 거기서 우승했다면 대학을 그만뒀을 것이다. 졸업을 앞둔 마지막 해에는 스트레스가 끊이지 않았다. 모국어가 아닌 언어로 물리학과 화학을 공부한다는 게 그렇게 힘들 줄은 몰랐다. 기분을 풀려고 자꾸 먹었다. 너무 먹어서 졸업 당시 체중이 90킬로그램도 넘었다. 미스 남아프리카공화국이 되지 못한 게 다행이었다.

취업 면접을 보러 다니기 시작했다. 그런데 관심이 가는 일자리는 하나같이 자격이 넘치거나 모자랐다. 어느 일자리 면접에서 나는 그 자리에 뽑히진 않았지만 그곳을 통해 케이프타운에서 영양사를 찾는 식품회사 운영자를 소개받았다. 그 자리를 수락하고 나는 이사를 했다. 스물한 살 때였다.

사귀고 헤어지기를 반복해온 남자친구가 얼굴 본 지 1년 만에 약혼반지를 들고 찾아왔다. 나를 사랑한다고, 이제부터 좋은 남자가 되겠다고, 결혼해준다면 달라질 거라고 그는 말했다.

나는 거절했다. 그가 내민 반지를 절대로 끼고 싶지 않았다.

그는 프리토리아로 돌아가서 우리 부모님에게 내가 결혼을 승낙했다고 했다. 부모님은 무척 놀라셨다. 우리가 사귀는 줄 몰랐기 때문인데, 사실인즉슨 우리는 사귀고 있지 않았다.

케이에게는 오래 만나온 남자친구가 있었고 둘은 곧 결혼할 예정이었다. 아버지가 합동결혼식을 제안하자 모두 좋은 생각이라고 맞장구를 쳤다. 결혼식 준비가 시작됐다. 청첩장을 찍어 보냈고 예물을 주문해 받았다.

나는 이 이야기를 전보로 전해들었다. '축하!'라는 글자가 찍혀 있었다. 금시초문인 내 약혼식 소식에 충격에 빠졌다. 전보에는 한 달 후로 식이 잡혔으니 일을 그만두고 집으로 돌아오라고도 적혀 있었다.

오늘날의 독자에게는 희한하게 들리겠지만 1970년 남아프리카공화국에선 장거리전화가 너무 비싸 사용하지 않았다. 전보를 치거나 직접 찾아갔다. 그리고 남자들은 여자의 아버지에게 가서 결혼 승낙을 요청했다. 따라서 아버지에게는 이 모든 게, 내가 전 남자친구와 결혼하기로 동의했다는 이야기가 지극히 정상이었다.

절묘한 타이밍이긴 했다. 나는 외로웠고 허리를 다쳐 통증에 시달리고 있었다. 불어난 체중 탓에 자신감도 없었다. 내 외모가 끔찍하다고 생각했고 이제 어떤 남자도 나와 사귀고 싶어하지 않을 것 같았다. 전보에 쓰인 대로 했다. 일을 때려치우고 짐을 싸 집으로 돌아갔다.

프리토리아에서 다시 본 남자친구는 변한 게 없었다. 아직도 대단히 저돌적이었다. 결혼식을 어째야 좋을지 알 수 없었다. 우리 가족은 친밀했지만 서로의 감정에 대해서는 그리 많은 대화를 하지 않았다. 주변에서는 결혼식 준비가 착착 진행됐다. 린 언니는 부풀어오른 내 체형을 감추기 위해 시폰을 잔뜩 넣은 웨딩드레스를 만들고 있었다. 불과 수주 후 8백 명의 하객이 오게 되어 있었다. 부모님의 친구들, 케이의 친구들, 케이 약혼자의 친구들. 그리고 나와 그의 친구들. 결혼을 피할 길이 보이지 않았다. 탈출구가 없어 보였다.

합동결혼식이 거행됐다. 기억나는 건 케이와 새신랑이 무척 행복해 보였다는 것이다. 내 신랑은 그들의 행복한 모습에 자신이 가려지는 게 불쾌해 화를 냈다.

그리고 내 인생에서 지옥 같은 시절이 시작되었다. 너무 고통스러워 웬만해서는 거론조차 안 하는 시기다. 분하고 억울해지기 때문이다. 그런 상태가 되고 싶지 않다. 말을 꺼내고 나면 한밤중에 또 생각나고 잠을 설친다. 잠이 오지 않는다. 하지만 삶이 쉽다고 말하거나 그런 척하는 건 허위다. 삶은 결단코 쉽지가 않다. 때로는 잔혹하고 인정사정없다. 그럴 때는 벗어나야 한다. 반드시. 최대한 빨리 벗어나라.

살면서 남자들에게 상처받고 슬럼프를 겪었으며 여러 차례 자신감을 잃었다. 그때마다 빠져나갈 길이 보이지 않았다. 그래도 매번 어두운 터널을 지나 길을 찾았다. 내가 특별히 치열한 사람이어서가 아니다. 그런 말을 듣기는 했지만 내 생각에 나는 치열한 사람이 아니다. 강하다고는 생각한다. 한때는 내가 강하지 않다는 생각이 많이 들었다. 거기서 벗어나기까지 시간이 걸렸지만 결국은 해냈다. 다른 여자들의 이야기에 비하면 대단할 것도 없을 이 이야기를 하는 이유는 여러분도 어려운 상황에서 헤쳐나올 수 있음을 알려주고 싶어서다. 내 이야기를 증거로 삼아 여러분도 변화를 꾀하고 더 행복한 삶을 살기 위한 영감과 자신감을 찾을 수 있기를 바라는 마음에서다. 우리는 모두 행복하게 살 자격이 있다.

아내라는 이유로 그야말로 모든 걸 감당해야 하는 현실을 깨닫기까지는 긴 시간이 걸리지 않았다. 우리는 결혼식날 밤 유럽행 비행기에 올랐다. 비용은 내가 모은 돈으로 충당했다.

싸구려 비행기표였고 돈을 아끼려 제네바의 남편 사촌 집에서 신세를 졌다. 하루 5달러로 유럽 여행을 할 수 있던 때였고 그것이 우리 목표였다.

짐을 푸는 일도 꾸리는 일도 전부 내 차지였다. 요리도 해야 했고, 그가 앉아서 『플레이보이』지를 보는 동안 청소를 해야 했다. 그는 남아프리카공화국에서 금지된 『플레이보이』를 유럽에서 맘놓고 볼 수 있어 잔뜩 신이 나 있었다.

그에게서 처음 얻어맞은 것도 신혼여행길에서였다. 그가 나를 때리기 시작했을 때 어안이 벙벙했다. 떠나고 싶었지만 그가 내 여권을 갖고 있어 그럴 수가 없었다.

집에 돌아온 다음 가족들에게 "다들 말한 게 맞아. 괴물 같은 사람이야" 하고 하소연할까 생각했지만 너무 창피해 그러지도 못했다. 오래지 않아 입덧이 시작됐고 임신 사실을 깨달았다. 신혼여행 이튿날째 아기가 들어선 것이다. 그와의 결혼은 실수였다는 게 너무나 분명했음에도 이제 정말로 되돌릴 수 없었다.

남편의 잔인함은 납득이 안 되는 수준이었다. 일론이 태어나기 직전에 비행기 페인트칠 하는 걸 돕고 있었다. 진통이 올 때마다 일손이 느려지는 나를 보고 그가 말했다. "그깟 진통 때문에 그렇게 꾸물거려야겠어?"

버티고 버티다가 5분 간격으로 진통이 오기 시작해서야 병원에 데려가주었다.

"당신은 게으르고 약해빠졌어."

병원에선 자연분만을 하느라 심한 고통에 시달렸다.

간호사가 남편에게 말했다. "등을 문질러주면 조금 나을 거예요."

그러자 그가 이렇게 답하는 것이었다. "그게 뭔 소리예요? 자기 등은 자기가 문질러야지. 그리고 나더러 이따위 걸상에 앉으라는 거예요? 나는 갈 거니까 아기 나오기 5분 전에 전화해요."

그런 인간이었다.

20대 초반에 나는 무척 바빴다. 아침에는 남편의 일을 도왔다. 그의 토목 설계 서류를 타자로 쳐주고 경리 일도 해줬다. 아파트에 작게나마 영양사 사무실을 차려 내 일도 했다. 첫째 일론에 이어 킴벌과 토스카까지 세 아이를 3년 3주 사이에 낳았다. 그런 가운데서도 아이들을 돌보고 식사 준비에 청소까지 가사를 도맡아했다.

부모님이 집 옆 대지에 집을 지어 살라고 허락해주셔서 그렇게 했다. 내 저축으로 장만한 작은 트럭에 벽돌과 시멘트와 목재를 실어 집터로 옮겨갔다.

당시에는 안전벨트가 없었기 때문에 옆자리에 앉은 아이들의 몸이 멋대로 흔들렸다. 아버지가 알던 건축업자가 집 짓기를 도와주셨다.

만삭의 몸으로 화장실 벽에 타일을 대던 일이 기억난다.

공사가 끝나고 주말마다 거기 가서 지냈다.

토스카를 임신했을 무렵 아버지가 비행기 추락사고로 돌아가셨다. 케이의 남편과 함께 비행중이었고 둘 다 세상을 떠났다.

아버지가 돌아가시자 남편은 유산을 얼마나 받을지 궁금해했다.

"글쎄, 아무것도 없을 것 같은데. 아마 어머니에게 다 남기셨을 거야."

"그건 안 되지. 당신 어머니한테 돈이 다 넘어가라고 내가 당신이랑 결혼했을까봐?"

한편 어머니는 아버지의 비행기를 우리에게 주시고 우리가 집을 지은 토지를 아주 싼 값에 넘기셨다.

남편은 그걸로 성이 차지 않아 연신 툴툴거렸다.

얼마 후 케이가 재혼했다. 상대는 척추 지압사였다. 케이는 살던 집 바로 옆에 있던 아버지의 병원을 샀다. 그러자 남편은 케이가 나보다 재산을 더 많이 물려받았다는 생각에 화가 치밀었다.

그후 2년 동안 나는 우리 가족과 말도 섞지 못했다. 가족도 우리 아이들을 보지 못했다. 어머니가 전화하면 서둘러 안부만 전한 뒤 얼른 끊곤 했다.

그러면 그는 "남자야, 남자 전화 맞잖아!" 하면서 나를 두들겨팼다.

남자가 아니라고, 어머니라고 하면, 그래서 다시 때리는 것이었다.

그는 나를 우리 가족에게서 단절시켰다. 끔찍한 시기였다.

사업이 나아지자 남편은 차를 더 사들이고 비행기에 보트까지 구입했다. 그에게는 오로지 돈 자랑이 최고였다.

그와의 결혼생활 내내 지루하고 멍청하고 못생겼다는 이야기를 매일 수없이 듣고 살았다. 이런 생각을 했다. '지루하다는 것은 그렇다 쳐도 과학 학사학위가 있는데 내가 그렇게 멍청할 리는 없지. 그리고 미인대회에서 입상하고 모델도 했는데 그렇게 못생겼을 리도 없고.' 입 밖에 내서 말하지는 않았다. 그랬다가는 또 두들겨맞았을 테니까.

"당신이 무슨 생각을 하고 있는지 알아"라면서 두들겨팬 적도 있었다.

20대 중반에 『마음의 해부학I'm OK—You're OK』이라는 책을 읽었다. 그는 책을 뺏어가려 했다. 내가 책을 읽는다는 사실 자체가 그냥 싫었던 거다.

이따금 사람들을 초대해 저녁을 먹는 일이 있었다. 빵 굽기부터 시작해 모든 요리를 처음부터 끝까지 만들어야 했다. 나는 요리를 싫어했지만 요리책을 보며 그대로 따라 하면 놀라운 음식이 돼 나오곤 했다.

남편은 손님들 앞에서도 나를 몹시 함부로 대하고 핀잔을 주기 일쑤여서 손님들이 다시는 초대에 응하지 않았다. 그러면 그는 "이거 봐, 음식도 형편없고 당신도 지루하기 짝이 없으니 이렇게 안 오잖아" 했다.

아이들을 낳고 나서는 모델 일을 그만두었고 다시 복귀할 일도 없으리라 여겼다. 혹시 돌아오라는 요청을 받았다고 해도 온몸의 멍 때문에 못했을 것이다.

한번은 다른 부부 셋과 옥토버페스트 행사에 들렀다. 다들 맥주를 마시며 즐기는데 좀 취한 축들이 있었다. 함께 간 여자 셋이 모두 미인이었다. 나는 한심할 만큼 보수적인 차림이었는데 그들은 멋들어지게 차려입고 있었다.

다 함께 화장실에 가려고 일어서자 옆 테이블 남자들이 휘파람을 불며 "어이, 우리 섹시한 미녀들" 하며 수작을 걸어왔다.

남편이 내게 악을 쓰며 창녀라고 욕했다. 그리고 모두 보는 앞에서 내게 달려들어 때리려고 했다.

완전히 이성을 잃었다. 시간이 갈수록 더욱 심해졌다. 처음에는 집에서만 때리더니 이제는 정도가 악화되어 밖에서까지 학대하는 거였다.

일행 중 남자들이 그를 뜯어말렸고 여자들은 나를 어머니 집으로 데려갔다. 2년간 얼굴도 못 본 딸이 새벽 2시에 창문을 두드리자 어머니는 깜짝 놀랐다.

이튿날 아침 남편이 어머니 집으로 찾아왔다. 나를 돌려보내달라고 어머니에게 사정을 했다. 울면서 애걸복걸했다.

어머니가 말했다. "한 번만 더 손을 대면 메이는 여기서 나랑 살 테니 그렇게 알게." 내가 맞고 살았다는 사실에 어머니는 분노했다. 그런 끔찍한 결혼생활을 왜 털어놓지 않았는지 이해를 못하셨다. 나는 창피했던 것 같다. 그리고 그가 우리 가족들까지 해칠까봐 솔직히 겁도 났다.

어머니 말대로 남편은 더이상 나를 때리지 않았다. 전에는 아이들이 있는 자리에서도 때리곤 했다. 두 살과 네 살이던 토스카와 킴벌이 구석에서 울고 다섯 살 일론은 남편의 뒷무릎을 치며 말리던 장면이 떠오른다. 크고 나면 기억이 안 날 만큼 어릴 때 멈춘 것이 그나마 다행이었다. 이제는 언어 폭력만 견뎌내면 되었다. 신체 폭력을 그치면서 언어 폭력은 더 심해졌다. 하지만 적어도 멍자국과 육체적 고통으로부터는 해방되었다.

레티가 전화를 걸어왔다. 모델 일이 났는데 할 수 있는지 물었다. 멍이 없었으므로 좋다고 했다. 남편은 길길이 화를 냈다. 한번은 패션쇼에 따라와 일하는 나를 기둥 뒤에 숨어서 노려보더니 무대 뒤로 찾아와 헤어 스타일리스트가 머리를 매만지는 걸 보고 그 남자를 패려고 했다. 내가 하는 일이면 사사건건 다 통제하고 싶어했다.

남편은 만약 내가 이혼을 하면 면도날로 얼굴을 다 그어버리고 아이들의 무릎에 총을 쏴 장애아 셋을 만들어버리겠다고, 그러면 모델은 꿈도 못 꿀 거라고 협박했다. 나는 겁이 나 이혼을 보류했다.

그리고 과연 벗어날 수 있을지 확신도 없었다. 합당한 사유가 없었다. 당시 남아프리카공화국 법률은 내 편이 아니었다. 이혼할 합법적 이유가 없었다. 여자를 학대하는 남자? 이혼 사유가 되지 않았다. 오히려 그게 남자였다. 적어도 나는 그렇게 세뇌되어 있었다.

'회복 불가능한 혼인의 파탄' 법률이 통과된 해, 나는 비로소 이혼할 수 있겠다 싶었다. 별안간 벗어날 기회가 찾아온 것이다.

어디로 갈지 결정을 해야 했다. 어머니와 살 수도 있겠지만 어머니마저 위험에 처할 것 같았다. 그가 어머니를 노리게 두고 싶지 않았다. 부모님의 주말 별장 옆에 지었던 집을 팔고 더반의 황량한 공터에 별장을 사뒀는데, 아이들을 데리고 거기로 갔다.

그런 선택이 가능했던 건 행운이었다. 남편의 변호사는 더반 집을 내 명의로 하는 게 좋겠다고 권유했다.

그는 변호사에게 말했다. "안 돼요. 아무것도 이 여자 이름으로 할 수 없어요."

그에게는 집과 요트와 비행기와 자동차 여섯 대가 있다는 사실을 변호사가 상기시켜주었다. 모든 게 그의 명의였다. 뭔가 잘못돼 고소를 당하면 죄다 잃을 수 있었다.

내가 말했다. "나는 상관없어요. 이 사람 이름으로 해요."

"내 이름으로 해도 되겠어?"

"네, 당신이 가져요."

"좋아, 그럼 이 여자 이름으로 합시다."

그 집이 내 명의가 되자 마음속에서 뭔가 긴장이 풀리는 느낌이었다. 우리는 보증금을 내고 매달 300달러씩 대출금을 갚았다.

나는 운이 좋았다. 법이 바뀌자 아이들과 갈 곳이 있었다. 이것이야말로 내가 떠날 수 있었던 이유 중 하나다.

저축해둔 돈이 좀 있었기에 대출금 갚는 건 자신 있었다. 남편은 결혼 전에는 무일푼이었지만 토목 기사로 성공해 이제는 부자였다. 모은 돈도 많았지만 내 몫은 별로 없었다. 하지만 이 정도면 아이들을 먹이고 대출금을 갚을 수 있을 것 같았다. 적어도 몇 달간은.

결혼생활 내내 남편이 두려웠다. 이혼수속중에도 남편이 두려웠다.

이혼 수속이 완결되기를 기다리던 무렵 남편이 더반 집에 찾아와 칼을 들고 길거리까지 나를 좇아왔다.

나는 이웃집에 뛰어들었다. 이웃집 여자는 주방에 있었다.

그녀가 말했다. "정원으로 가요. 거기에 내 친구들이 있으니까."

그가 칼을 들고 뒤따라들어와 말했다. "내 아내 내놔요."

그녀가 말했다. "차 한잔하실래요?"

후에 그녀는 너무나 당황해서 무슨 말을 해야 할지 몰랐다고 털어놓았다.

그런데 그 말이 효과가 있었다. 그가 울며 바닥에 주저앉더니 나와 다시 합치고 싶다고 했다.

그녀는 두려웠다. 나도 그랬다. 이 일이 있은 다음 나는 법원에서 남편을 상대로 접근금지명령을 받아냈다.

그저 그에게서 벗어나고 싶을 뿐이었다. 내 환자 중에 변호사가 둘 있었다. 한 사람은 피도 눈물도 없는 이혼변호사였고 다른 사람은 부동산변호사였다. 나는 부동산변호사를 택했다. 장기전은 싫었다. 빨리 끝내고 싶었다. 그의 돈은 관심 없었다. 아이들만 있으면 됐다.

나는 빨간 미니스커트, 흰 블라우스, 빨간 하이힐 차림으로 법정에 갈 채비를 했다. 머리와 화장에도 공을 들였다. 어머니가 날 보더니 말했다. "화장 지우고 머리는 뒤로 묶자. 언니 헌옷을 찾아 입고 신발도 단화로 갈아신어."

그래서 헐렁한 꽃무늬 원피스에 아주 수수한 모습으로 법정에 갔다.

판사가 웃는 얼굴로 내게 수작을 걸어왔다.

"남편이 정말 이혼하고 싶어하나요?"

"서류에 서명했으니까요."

남편도 원한다는 거짓말은 할 수 없었다. 그는 원하지 않았으니까. 하지만 서명하기는 했다.

나는 아이들 말고는 아무것도 요구하지 않았으나 판사는 남편에게 수입의 5퍼센트를 나눠주고 아이들의 교육비와 의료 및 치과 비용을 지불하라 명했다(남편은 이행하지 않았다). 아이들이 있으니 나에게 문짝이 넷인 자동차를 한 대 넘겨야 한다고도 했다. 고급 자동차 다섯 대와 트럭도 있었지만 그는 어디선가 가장 값싼 차를 구해왔다. 창문을 수동으로 내려야 하고 에어컨조차 없는 도요타 코롤라였다. 그러면서 자기가 매달 점검한다는 조건을 수락하면 재규어나 벤츠를 줄 수도 있다고 했다.

나를 통제하려는 또하나의 수단이었다. 그래서 그냥 도요타를 택했다. 충분히 쓸 만했고 어디든 갈 수 있었으며 그의 개입을 받지 않아도 됐기 때문이다.

내 차가 생기자 훨훨 날아갈 것 같았다.

나는 당장 개업을 했다. 남아프리카공화국 사회에서 영양학은 좋은 평가를 받고 있어서 더반의 의사들이 환자를 기꺼이 보내주었다. 모델 일도 제의가 들어오고 있었다.

돈이 늘 궁해 대출금 갚기가 어려웠다. 아이들이 다니는 학교에는 교복이 있었는데 사복보다는 값이 쌌다. 나는 좋은 옷을 사 입지 않았다. 아니 아예 옷을 사 입지 않았고, 만일 사 입는다면 중고 옷가게에 갔다.

처음 몇 년 동안 매달 한 번씩 주말에 옷가지를 챙겨 아이들을 남편에게 보냈다. 남편이 돌아오는 아이들 편에 빨래거리나 짐을 들려보내지 않아 매번 새 옷을 사입혀야 했다. 그럴 여유가 없었기에 몹시 속상했다.

다 고의였다. 가난에 찌들어 아이들을 굶기다가 결국 자기한테 돌아올 거라고 장담하는 사람이었다. 남편은 이후 10년간 아이들의 양육권을 놓고 고소를 밥 먹듯 했다. 그 탓에 저축이 바닥났지만 하루 24시간 그를 견디지 않아도 됐다. 계속되는 재판에 준비과정들, 아이들을 잃을지도 모른다는 두려움은 끔찍했으나 항상 공포에 사로잡혀 사는 것과는 비교할 수 없었다.

나는 돌아가지 않았다. 아무리 힘들어도 버텨내야만 한다.

빠져나와야 한다. 그럴 가치가 있는 일이다.

누군가를 겁내고 두려워하며 살고 있다면 빠져나올 계획을 세워야 한다. 불행한 관계에 사로잡혀 있다면 무슨 짓이든 해서 빠져나와야 한다. 나는 상대방이나 상황이 변하기를 바라며 너무 오래 머물렀다. 하지만 내가 바꾸기 전까지는 아무것도 바뀌지 않았다.

관계에서 벗어나고 나면 한동안 더 힘들 수도 있다. 지독한 외로움을 느낄 수도 있는데, 받아들여야 한다. 외로움을 느끼면 친구들을 만나라. 가족에게 전화를 걸어라. 새 일자리를 잡으라. 영화를 보라. 다른 도시로 이사하라.

재정 상황과 형편에 맞아야 좋은 계획이다. 친구나 전문가의 도움을 구해야 할지도 모른다. 이전과는 또다른 경제적, 사회적 스트레스도 있겠지만 내 경우는 남편 때문에 나를 피했던 친구들이 어디선가 나타나주었다. 금전적 지원을 제의한 부부들도 있었지만 그것만큼은 사양했다.

5개년 계획 같은 게 필요하진 않다. 너무 먼 미래를 생각하면 첫발을 내딛기가 어려워진다. 무엇보다 중요한 것은 벗어나는 거다. 먼 미래에 골몰하지 말고, 바로 다음 수에 집중하라.

떠나야 할 때임을 깨달았다면 이후 일어날 모든 일에 압도되지 않는 것이 중요하다. 첫걸음을 먼저 계획하고 이어서 다음 계획을 세우면 된다.

내가 겪은 모든 나쁜 상황을 생각해보면 더 일찍 벗어나야 했음이 확연해진다. 이것이 좋은 상황이 아니며 바뀌지 않으리라는 걸 깨닫는 순간, 바로 그때가 결심의 순간이다. 벗어나자, 최대한 속히.

불행한 관계라면 끝낸다고 뭐 잃을 게 있겠나. 노력했는데 반려자를 변화시킬 수 없다면, 평생을 불행하게 살 필요가 없다.

이혼 후 무척 외로웠다. 주말이나 방학 때 아이들이 제 아버지에게 가 있을 때면 더 그랬다. 남편은 아이들과 호주로 스키 여행을 가거나 홍콩, 뉴욕 같은 곳에 아이들을 데려가기도 했다. 아이들한테서 그런 경험을 박탈하고 싶지 않았다. 새로운 나라를 여행하기 좋아하는 내게도 같이 가자고 했지만 그와 함께 하는 여행이 얼마나 끔찍했는지 떠올라 늘 거절했다. 어떤 상황이든 하나도 재미없게 만들어놓는 사람이었다.

설령 외롭더라도 관계로 인한 두려움 속에 사는 것보다는 백배 낫다. 불행한 것이 훨씬 나쁘다. 외로움 때문에 불행했던 결혼생활로 돌아가고 싶었던 적은 한 번도 없다. 궁핍한 생활도 날마다 학대받는 삶보다는 훨씬 낫다. 저택도 값비싼 옷도 자동차도 비행기도 보트도 농장도 나날의 고통과 함께라면 소용없다.

우리는 작은 아파트를 옮겨다니며 살았다. 아이들하고 땅콩버터 샌드위치로 끼니를 때웠다. 콩수프도 많이 먹었다. 아무렇지 않았다.

우리는 서로를 사랑했고 즐거운 시간을 함께했다. 중요한 건 이거다.

이렇게 내 이야기를 해주는 이유는 여러분도 어두운 상황에 처해 있다면 출구가 있음을 알려주고 싶어서다. 상처를 주는 사람과의 관계에 묶여 있다면 거기서 빠져나와야 살아남을 수 있음을 알려주고 싶어서다. 나는 9년간 학대받으며 결혼생활을 했다. 떠나고 나니 먹구름이 활짝 걷히는 느낌이었고 새 희망이 보였다.

현재 상황이 아무리 암울해도 언제나 길은 있는 법이다.

삶을 변화시켜라

당신의 문제를 해결하라

결혼했을 때 체중이 널뛰기를 했다. 신혼여행길에 아기가 들어서서 입덧을 시작했는데 말 그대로 하루종일 시달렸다. 처음에는 체중이 너무 많이 빠지더니 이내 너무 많이 불었다. 임신을 할 때마다 체중이 오르락내리락했다. 아이들이 건강해 다행이었다. 계속 그래주기를 바라며 늘 건강식으로 잘 챙겨먹였다.

그때가 내 일생에 가장 힘든 시기였다. 아이들이야 내 최고의 재산이지만 결혼은 실수였다. 이혼 후 더반에서 아이 셋 딸린 싱글맘으로 가족의 생계를 책임져야 했다. 아이들을 부양할 수입을 늘리려면 모델 일을 다시 해야 했고 그러려면 반드시 체중을 줄여야 했다. 영양에 관한 지식을 총동원했다. 배가 고파야만 먹었고 시리얼, 우유, 야채, 과일, 통밀빵 땅콩버터 샌드위치, 콩수프, 통조림 생선, 이따금 닭고기, 이렇게 건강에 좋은 음식만 먹었다. 어차피 식비를 절약해야 했고 건강식은 비싸지 않아도 되기 때문에 어렵지는 않았다.

더반에서 남자를 사귀려 해봤지만 우리 가족은 내 남자친구를 매번 하나같이 맘에 들어하지 않았다. 케이는 나더러 남자 보는 눈이 없다고 했는데 옳은 말이었다. 어느 날 저녁 외출했다가 나를 굉장히 좋아하는 남자를 만났고 사귀게 되었다. 그 남자는 내가 뚱뚱해 보인다고 생각해서 내가 살을 빼기를 원했다. 나는 뚱뚱하지 않았지만 그를 기쁘게 해주려고 체중을 줄였다. 아주 마른 몸이 되려니 몹시 스트레스를 받았다. 하면 안 되는 게 너무 많았다.

그는 바람도 피웠다. 그래서 그의 청혼을 거절했다. 그런데도 나 모르게 깜짝 약혼식을 준비했다. 정말이지 꼭 이런 남자들만 걸렸다. 그는 나와 함께 살 집도 지었다. 자기 아이들과 우리 아이들을 위한 침실들에다 내가 영양사 일을 할 수 있도록 사무실과 접견실까지 갖춰놓았다. 약혼반지를 돌려주려 할 때마다 자살하겠다고 협박했다. 나는 그가 정이 떨어져 달아나게 하려고 하루 세 끼에 디저트까지 꼬박꼬박 챙겨 먹었다. 그러자 급격히 살이 쪘다.

튀긴 음식과 기름진 음식, 단것을 좋아하는 나지만 그때는 스트레스와 우울 때문에 먹었다. 다시 90킬로그램까지 올라갔다. 불과 몇 달 사이에 그렇게 찐 살이 보통 사이즈로 돌아오기까지는 거의 10년이 걸렸다. 그럴 줄은 물론 몰랐다.

이제 무엇을 할지 고민해야 했다. 새 계획이 필요했다. 어디서부터 시작해야 좋을지 갈피를 못 잡던 차에 친구가 도와주겠다고 나섰다. 그녀의 조언은 간단했다. 매일 30분씩 즐거웠던 시기를 떠올려보면 앞으로 뭘 할지 결정할 수 있을 거라고 했다.

나는 명상을 해본 적도 없고 가만히 앉아서 생각을 하며 시간을 보내본 일도 없었지만 친구는 꼭 그래야 한다고 했다. 내게는 괴상하게만 느껴졌다. 어쨌든 30분간 앉아 있었는데 머릿속에 아무것도 올라오지 않았다. 정말로, 아무것도. 행복했던 시간을 떠올리려고 해봤다. 너무나 슬프게도 행복했던 시간이 전혀 떠오르지 않았다. '뭐, 고등학교 때 재밌었지' 하는 생각도 들었지만 고등학생 시절로 돌아갈 것도 아니었다. 대학 시절에도 행복하던 시간이 있기는 했다. 아프리칸스어로 공부해야 하는 스트레스가 심하기는 했지만. 그리고 그 덕분에 지금 나의 아프리칸스어 실력이 이 정도 된다.

블룸폰테인에 가서 영양사 인턴 과정을 밟기로 결심했다. 모든 걸 포기하고 어린아이들을 데리고 더반의 아름다운 집에서 모두가 아프리칸스어만 쓰는 시골 한복판으로 이사를 했다.

하도 슬퍼서 혼잣말을 해봤다. "이사할 만한 일이야."

그런 소도시에서 어린아이들을 거느린 싱글맘에게 사교생활이라곤 있을 리 없었다. 대신 공부에 완전히 몰입했다. 의사용 사택에서 아이들과 살았다. 아이들은 침실에서 자고 나는 거실 겸 주방에서 잤다. 그럴 만한 가치가 있었다. 슬픔에서 떨어져 있다는 것이 너무나 행복했다. 고통을 늘 상기시키는 곳에서 살지 않는 것만으로도 좋기만 했다.

영양사 과정 장학금을 따려고 모델 활동과 이미지 구축 같은, 내가 잘 아는 분야를 자원해서 가르쳤는데 그게 무척 잘됐다. 내가 가르친 학생이 학원을 내보라고 할 정도였다. 이 새 사업은 큰 성공을 거뒀다. 교수 자녀들, 동료와 친구들, 심지어 언론까지 모두 도움이 됐다. 나는 패션쇼를 열었고 영양학과 자신감에 대해 강연했다. 정말 재미있었다. 내친김에 눌러앉아 이학 석사학위까지 받았다. 자신감이 올라갔음은 말할 것도 없다.

이제 살 만해졌다. 밤에도 학생들을 가르쳤으니 그게 나의 사교생활이었다. 그리고 이 대학가에서 내 체중을 놓고 왈가왈부하는 사람은 없었다. 그래서 한결 더 편안했다. 연하의 미남 몇과 데이트도 즐겼다.

내가 가르치는 모델들에게 길을 열어주고 싶어서 요하네스버그에 있는 유명한 모델 에이전시 G3를 찾아가 학생들 사진을 보여주었다.

나와 면담한 에이전트 게이너 베커는 그들에겐 관심이 없었다. 그녀가 날 훑어보더니 물었다. "당신이 하면 어떨까요?"

"아니, 아니에요. 나는 이제 모델 안 해요."

몇 달 새에 아마도 10킬로그램은 빠졌겠지만 모델 커리어는 더이상 생각하지 않았다.

게이너는 플러스 사이즈라는 새로운 모델 분야가 부상하고 있다며 경험도 있고 하니 해보라고 권했다.

다시 한번 '해보는 거야'의 덕을 톡톡히 봤다.

플러스 사이즈 모델 커리어는 요하네스버그로 날아가 텔레비전 광고를 찍는 것으로 시작됐다. 남아프리카공화국에서 하나뿐인 플러스 사이즈 모델이었기에 오래지 않아 전국을 돌며 화보를 촬영했고 패션쇼 무대에 서며 이학 석사과정도 마쳤다. 플러스 사이즈 모델 하나, 나이든 모델 하나가 필요하던 곳에서 나는 둘 다를 충족시켰다.

한편 게이너와는 좋은 친구가 되었다. 요하네스버그로 이사한 내게 게이너가 말했다. "머스크라고 아주 끔찍한 남자가 하나 있어."

"내 전남편 같은데."

"그 남자가 내 친구하고 결혼을 했는데 예식 직후에 친구를 쫓아내버렸지 뭐야."

"전남편 확실하네."

두어 해 후에 게이너가 물었다. "수 머스크 한번 만나볼래?"

"좋아."

수는 정상급 모델로 미녀였고 나보다 훨씬 근사했다. 함께 간 칵테일파티에서 그녀가 나를 사람들에게 이렇게 소개했다. "여긴 메이 머스크예요. 내 전남편과 10년간 결혼생활을 했는데요, 나는 그 남자하고 10분을 살았답니다."

우리는 자지러지게 웃어댔다. 사람들은 무슨 소리인지 이해를 못했지만 상관없었다. 그냥 배꼽을 잡고 웃어젖혔다.

요하네스버그에서도 영양사 일을 계속했다. 사업이 크게 성장해서 건강식 강연을 다녔다. 그러면서도 정작 나는 의학적으로 비만이었다. 이 역설에 대한 내 감정을 유머로 감추려고 했다. 자신을 우스꽝스럽게 대하며 자신감 넘치는 사람으로 보이려고 애썼다. 하지만 사실은 자신감이 별로 없었고, 헐렁한 옷을 입어 체형이 드러나지 않게 감췄다. 그래도 고객들은 꾸준히 찾아왔고 동기를 부여받아 갔다. 사기꾼이 된 기분이었다. 고객에게 전하는 메시지와 실제 행동이 정반대였기 때문이다. 아는 정보를 스스로 적용하지 않고 있었다.

마흔한 살에 콜레스테롤 수치가 올라가고 무릎과 허리가 아팠다. 무서운 일이었다. 건강하지 않으면 아이 셋을 부양할 수 없으니까. 건강한 몸을 다시 느껴보고 싶었다.

사람들에게 하는 조언을 스스로 따르기 시작했다. 배가 고플 때만 건강식으로 먹고 과식하지 않는 것. 그러자 체중이 줄기 시작했고, 이후로는 널뛰기 없이 30년간 이를 유지했다.

다만 덧붙이자면 날마다 노력해야 한다. 쉬운 일이 아니다.

체질적으로 날씬하지 않기 때문에 건강 체중을 유지하려면 매일, 온종일 긴장해야 한다. 나는 언제나 식단을 계획하고 건강에 좋은 음식들이 준비돼 있도록 신경을 쓴다. 충분히 먹지 않으면 몸 상태가 좋지 않다. 너무 배를 주리면 눈에 보이는 것은 다 주워먹게 된다. 건강에 안 좋은 음식을 먹으면 심신이 축 처지고 지치며 속도 더부룩하다. 40년간 영양사로 일해왔지만 아직도 음식의 유혹에 넘어가 고통을 받곤 한다. 하지만 대개는 건강한 음식을 선택하는 편이다. 몸이 날아갈 듯 가뿐하고 싶어서다.

예쁘게 나온 사진들은 그렇게 되기까지 기울인 노력은 보여주지 않는다. 나는 30킬로그램을 쪘다 빼기를 두 번 되풀이했다. 과식을 시작하면 중단하기 전까지 체중이 늘 것임을 잘 안다. 그래도 어느 지점에서 계속 꾸준히 유지될 줄로만 알았다. 하지만 그러지 않았고 체중을 줄이려면 엄청난 노력을 해야 했다. 지금도 마찬가지다.

어딘가 불편하면 즉각적인 해결책을 찾아다니기 쉽다. 과식에 관련해서라면 나도 그랬다. 그러면 문제를 직면할 수 없고 사태는 오히려 악화된다. 건강해지고 싶다면 진정으로 삶을 변화시켜야 한다. 명상을 배우는 것 같은 작은 변화이건 식생활을 바꾸고 새로운 곳으로 옮겨가 새로 출발하는 것 같은 큰 변화이건, 계획을 세워야만 한다.

PART 3

FAMILY 가족

일하는 엄마
모범을 보이자

일론이 태어난 해에 나는 스물셋, 1971년 당시 첫아이를 낳는 산모의 평균연령이었다. 낮 동안 진통이 계속되다 밤이 되면 사라지는 가진통이 사흘간 이어지며 출산은 시작됐다. 머리가 큰데다 몸무게도 3.6킬로그램이 나가는 우량아여서 분만이 힘들었다. 게다가 진통제도 없이 자연분만을 원했다. 통증이 얼마나 심했는지 지금도 기억이 생생하다.

하지만 아기가 태어나자마자 모든 고통을 잊어버렸다. 너무나 행복했다. 조그만 아기천사 같았다. 그렇게 아름다운 것이 세상에 있다는 게 믿기지 않았다. 나는 옆에 누운 아기를 하염없이 들여다보았다.

단연 가장 멋진 일이었다.

배가 많이 고픈 아기였고, 석 달간 모유수유를 했다. 자주 보채서 이후로는 미지근하게 끓인 우유와 물을 반반 섞은 것도 같이 먹였다. 생후 4개월째부터 우유만 먹였고 5개월째부터는 이유식을 먹였다. 그다음에는 삶아 으깬 과일과 야채, 내가 평소에 먹는 식사를 먹였는데 아기가 아주 잘 먹었다.

일론이 젖을 뗄 무렵 태기가 느껴졌고 스물넷에 킴벌을 낳았다. 형보다 100그램이 더 나가는, 키가 크고 마른 아이였다. 출산은 한결 수월했다. 킴벌도 석 달간 모유를 먹였고 많이 배고파할 때부터 형과 똑같이 우유와 물을 섞어 먹였다.

고형식은 생후 6개월부터 먹여야 한다고 간호사들을 가르쳤던 나지만 내 아들들은 하도 커서 일찍 시작했다.

모유수유를 그만두고 몇 달 후 다시 아기가 들어섰다. 스물다섯에 딸을 낳았다. 토스카는 킴벌보다 2백 그램 정도 덜 나갔다. 딸을 낳아 깜짝 놀랐고 엄청나게 기뻤다.

킴벌과 토스카를 각각 한 팔에 보듬어 안으면 일론은 옆에서서 걸었다. 눈코 뜰 새가 없었지만 그건 행복한 비명이었다.

3년 3주 사이에 아이 셋을 낳은 후 산부인과에 가자 의사는 자궁내장치를 장착해주었다. 몸에 휴식이 필요하다는 이유였는데, 몸 여기저기에 난 멍자국 때문이기도 했을 것이다.

서른한 살에 싱글맘이 된 내게 아이들 보살피기는 가장 중요한 과제였다.

우리 부모님처럼 나도 일하는 엄마였다. 다만 혼자라는 게 부모님과 달랐다. 우리 아이들은 아직도 내 삶의 가장 중요한 부분이다.

어머니는 전업으로 일하는 것에 결코 죄책감을 느끼지 않았는데 나 또한 마찬가지였다. 달리 방도가 없기도 했다. 우리 네 식구가 발뻗고 잘 집이 있어야 했고 배 채울 음식이 있어야 했으며 헐벗지 않고 무엇이라도 입어야 했다. 침실을 사무실로 개조해 사용했기 때문에 아이들은 제 앞가림을 하며 내 일에 방해가 되지 않게 조심해야 했다. 죄책감을 느낄 필요 없다. 일하지 않고 자꾸 화를 내면 아이들에게도 좋을 리 없다. 전업이든 부업이든 일할 계획을 세우고 어떤 형태로든 도움을 받는 것이 더 낫다. 업무 시간을 조정해 이웃 아이들과 함께 아이들을 등교시키고, 하교는 이웃 부모가 맡아주는 것으로 정해도 좋다. 퇴근할 때까지 누군가 오후 동안 아이들을 돌봐주게 조치해두면 한결 가볍고 보람찬 마음으로 귀가할 수가 있다. 나도 그렇게 했다.

아이들이 어릴 때 영양사로서 고객 상담은 집에서 했다. 모델 일을 나가면 보모를 구해 썼고 때로는 아이들이 책을 들고 패션쇼 무대 바로 앞줄에 앉아 있기도 했다.

어렸을 적 아버지는 옆집에서 척추 지압사로 일했고 어머니가 일을 도왔다. 케이와 나도 여덟 살부터 아버지를 도왔다. 월간 통신문 우편 발송을 도와드리며 시간당 5센트씩을 벌었는데 물론 보수 없이도 했을 것이다. 어머니는 아버지가 불러주는 말을 속기로 받아 적은 후 타자를 쳤다.

활자를 심어 인쇄를 하고 나면 케이와 나는 거실 바닥에 앉아 통신문을 세 겹으로 접어 봉투에 넣고 우표를 붙였다. 매달 천 통가량 보냈다. 하도 어렸을 때라 마케팅이라는 개념조차 몰랐지만 이게 바로 마케팅이었다. 이 경험은 내 사업에도 큰 도움이 됐다.

케이와 나는 열두 살이 돼서는 아버지 병원에서 접수계원으로 일했다. 아침 6시 45분에서 7시 30분까지, 그리고 오후 4시에서 6시까지 우리 쌍둥이 자매는 교대로 근무했다. 도착한 환자들의 서명을 받고 차를 대접한 다음 엑스레이를 찍고 진료 차례가 될 때까지 대화를 나누었다.

우리는 신망 있는 성인처럼 대우받았다.

부모님은 우리 형제들이 사는 방식, 그리고 아이들을 기르는 방식에도 지대한 영향을 미쳤다. 과학자로서 사업을 하신 아버지를 따라 나도 과학을 공부해 사업가가 되었고 스콧 오빠도 마찬가지다. 남동생 리는 남아프리카공화국에서 경영학교를 운영하다가 캐나다로 건너가 어느 대규모 기술 학교에서 학장과 학술 부총장을 지냈다. 그런가 하면 무용학교를 운영하신 어머니처럼 케이와 린 언니도 각각 무용학교를 열었다.

아이들 또한 어려서부터 내 영양사 사업을 도왔다. 토스카는 사무실에서 의사들에게 보낼 편지를 워드프로세서로 쳐주곤 했다. 아이가 의사들의 이름과 주소를 쓰고 간단한 안부인사를 쓰고 환자의 이름까지 치고 나면 내가 상담 정보와 예측되는 결과를 채워넣었다. 일론은 워드프로세서 기능을 알기 쉽게 설명해줬는데, 과연 될성부른 나무는 떡잎부터 알아본다는 말이 맞는 것 같다. 킴벌도 물론 항상 도와주었다.

우리가 블룸폰테인에 살 때 내가 운영하던 모델 및 이미지 트레이닝 학교에서 토스카도 함께 일하게 했다. 토스카는 학생들에게 걷는 법을 가르치고 패션쇼 무대 안무를 맡았으며 예법 수업을 이끌었다. 내가 연 모든 패션쇼의 의상도 담당했다. 아이가 여덟 살쯤 됐을 때였다.

안다. 하지만 어쩔 수가 없었다. 도움이 필요했으니까.

나는 부모님이 어린 우리를 기르신 대로 아이들을 길렀다. 자립적이고 친절하고 정직하고 타인을 배려할 줄 알고 예의바르며 근면하고 선행을 하도록. 아기처럼 대하지도 꾸짖지도 않았다. 무슨 공부를 해야 하는지 정해준 적도 없다. 저희가 어떤 공부를 하고 있는지, 또는 하고 있지 않은지 내게 알려주었을 뿐이다. 나는 아이들의 숙제를 점검한 일도 없다. 그것은 저희 책임이었기 때문이다. 그래도 아이들의 앞날에 해가 되지 않았다. 형제들과 나, 그리고 내 아이들은 모두 어려서부터 스스로를 책임지는 양육법의 덕을 봤다고 생각한다.

아이들은 자기 일에 스스로 결정을 내리고 제 미래에 책임을 지며 성장했다. 토스카는 고등학교를 직접 선택했다. 아이들 모두 자신이 선택한 대학교에 지원했으며 장학금 신청서와 학자금대출 서류도 직접 작성해 제출했다. 나는 서류를 보지도 못했다.

책임이라는 현실로부터 아이들을 보호해주려 들지 않아도 된다. 내 아이들은 발뻗고 잘 집, 배를 채워줄 음식, 등 따습게 해줄 중고 옷가지를 장만하기 위해 내가 열심히 일하는 모습에서 덕을 봤다. 지금이야 내 삶이 순탄해 보이지만 사실 얼마나 고생했는지 여러분이 알아주기를 아이들은 바라고 있다.

대학에서도 아이들은 궁색한 형편에서 지냈다. 룸메이트 여섯이 사는 남루한 집에서 침대도 없이 방바닥에 매트리스를 깔고 자면서도 아무렇지 않았다.

사치에 익숙해져 있지 않으면 더 씩씩하게 살아남는다. 응석받이로 키워서는 안 된다. 안전한 상황이기만 하다면 아이들이 스스로 책임지게 내버려두라.

내가 하도 바쁘니 아이들이 가끔 말썽을 부리기도 했다. 지금도 무슨 일이 있었는지 다 알지는 못할 것이다(버릇없이 굴면 엄하게 다스렸다고 자처하고 싶지만 잘 넘어가는 사람이었다는 게 아이들 말이다).

아이들이 내가 흡연하는 남자와 사귀던 때 그의 담배에 화약을 조금 넣은 일을 상기시켜준다(우리는 다 흡연을 굉장히 싫어했기에 그는 아이들에게 인기가 없었다). 그가 담배에 불을 붙이자 펑 하고 폭발음이 났다. 아이들은 배꼽을 잡고 웃었다. 내가 보기에도 좀 웃겼다. 그 남자는 웃지 않았다. 아이들은 그 일로 벌을 받지 않았다.

내가 훈육에서 완전히 손을 뗀 건 아니다. 소란을 피우거나 건방을 떨면 벌을 주었다. 텔레비전을 치우거나 방에 들어가 있으라고 하기도 했다. 방에 들어가서도 몰래 빠져나와 보고 싶은 프로그램을 비디오테이프에 녹화해두고 다시 방에 갔다고 이제 와서 털어놓지만 말이다. 〈A 특공대〉나 〈맥가이버〉가 그렇게 보고 싶었던 모양이다. 나야 사무실에 있었으니 아무것도 몰랐다.

아이들 말이 그건 일하는 엄마를 둔 또하나의 이득이었단다.

열두 살의 마법

아이들이 흥미를 보이면 격려해주자

이렇게 성공한 아이들을 길러낸 비결이 뭔지 사람들은 묻는다. 각자 자신의 관심 분야를 좇아가도록 해준 게 비결이라면 비결이다.

나는 아이들을 사랑하고 그들이 성취한 모든 것이 무척 자랑스럽다. 첫째 일론은 환경을 살리기 위해 전기차를 만들고 로켓을 발사한다. 둘째 킴벌은 농장 직송 음식점들을 열었고 전국 소외 지역 학생들에게 과일과 야채 재배하는 법을 가르치고 있다. 막내 토스카는 연예기획사를 설립해 베스트셀러 소설을 각색한 로맨스 영화를 제작과 연출까지 맡아 해낸다. 이렇게 셋 다 관심 분야가 다르다.

그러고 보니 우리 형제들 역시 그랬다. 우리는 모두 각자의 길을 갔다. 부모님은 서로 다른 관심 분야를 기꺼이 지원해주셨다. 마찬가지로 내 아이들도 어려서부터 저마다 다른 데 흥미를 보였고 오늘날까지 각자의 분야에서 즐겁게 일하고 있다.

필요한 것 같으면 격려도 해주고 지원도 해주었다. 조언을 원하면 조언도 해줬다. 나는 길게 말하지 않는다. 이 책을 쓰기 위해 길게 늘여서 말을 하곤 있지만. 하하!

킴벌은 인스타그램에 이렇게 멋진 글을 올려주었다. "우리 어머니 @메이머스크는 항상 내 삶의 길잡이가 되었다. 일흔에 커버걸이 됐는가 하면 영양학 석사학위를 두 개나 받았고 #리얼푸드realfood에 대한 열정을 잃지 않는다. 어머니는 늘 그랬듯이 지금도 내게 영감의 원천이다. 진짜 음식을 씨 뿌리고 길러 먹는 일의 힘을 다음 세대에게 가르치는 @빅그린BigGreen에 대한 어머니의 지원에 깊이 감사드린다. 엄마, 고맙습니다!"

내 아이들은 열두 살 때 자신의 커리어가 될 분야에 관심을 키웠다.

일론은 어려서부터 뭐든 다 읽었다. 나도 독서를 좋아했지만 한번 듣고 나면 잊어버리는 편이었다. 반면 일론은 읽은 건 다 기억했다. 언제나 정보를 빨아들이는 아이였다. 브리태니커 백과사전과 콜리어스 백과사전을 읽고 전부 다 기억하는 일론을 우리는 '백과사전' 또는 '천재 소년'이라 불렀다. 일론은 뭐든지 물어보면 척척 대답해냈다. 덧붙일 점은 이게 인터넷이 나오기 전이었다는 사실이다. 지금이라면 그냥 '인터넷'이라고 불렀을지도 모르겠다.

아이가 열두 살이 되던 해에 처음 컴퓨터를 사줬다. 1983년이었고 컴퓨터는 아직도 아주, 아주 새로운 것이었다. 일론은 사용법을 배운 뒤 블래스타BLASTAR라는 게임을 개발했다. 모델 학교에 오는 대학생들에게 보여주었더니 벌써 코딩 단축키를 다 안다며 놀라워했다. 컴퓨터공학과 2학년, 3학년인 학생들조차 대단하다고 했다.

일론에게 블래스타를 컴퓨터 잡지에 보내보라고 했다. 『PC 매거진』에 보냈더니 상금 500랜드가 나왔다. 열두 살 소년이 만들었다는 건 몰랐을 것이다. 게임이 잡지에 발표된 건 아이가 열세 살이 됐을 때였다. 일론이 장차 무슨 일을 해낼지 나는 아직 몰랐다.

어려서부터 음식을 유별나게 좋아한 킴벌은 열두 살이 되면서 요리를 도맡으며 우리 가족의 식탁을 책임졌다. 아이는 맛있는 음식을 원했고 그걸 위해서라면 같은 걸 몇 번이고 다시 만들어보는 끈기가 있었다. 나와 식료품점에 가는 것도 좋아했다. 함께 장 보러 가면 킴벌은 피망을 집어들어 냄새를 맡아보곤 했다. 요리가 하나도 재미없던 나는 물었다. "넌 누굴 닮은 거니?" 아이들에게 건강에 좋은 음식을 먹이기는 했지만 땅콩버터 샌드위치나 콩, 당근 같은 간단한 것이었다.

킴벌은 처음 보는 온갖 야채를 갖고 요리를 했다. 그날 잡아온 신선한 생선에 토마토, 레몬, 양파 등을 곁들여 바비큐에 굽기도 했다. 타고난 요리사였다. 야채 다루는 솜씨가 특히 훌륭했는데 저렴한 재료이니 딱 좋았다. 아이가 만든 것은 뭐든지 다 맛있었다. 내 소박한 요리 솜씨에는 댈 것도 아니었다.

토론토로 이사한 후에 킴벌은 일론에게 어느 여자친구든 좋아할 테니 점수 좀 따보라고 게를 가지고 크림소스 뇨키 만드는 방법을 가르쳐줬다.

최근에 아이에게 자기가 무엇을 하려고 하건 언제나 내가 지지해주는 느낌을 받았다는 말을 듣고 무척 기뻤다. 킴벌은 직업을 여러 번 바꿨다. 경영학을 공부해서 인터넷 기업가가 된 후에 뉴욕의 프랑스요리연구소에서 요리를 공부했다. 수업이 끝난 밤 11시에 학교 식당을 찾아가 함께 저녁을 먹기도 했다. 볼더로 이사해서 키친Kitchen이라는 음식점을 열었을 때는 가스레인지와 냉장고를 광이 나게 닦아줬는데 안타깝게도 새 걸로 교체했다. 아쉬웠지만 그러려니 했다.

킴벌의 삶은 순탄하지 않았다. 아이들과 지하철을 타고 가다 사고로 목 골절상을 입은 뒤로 킴벌은 정말 하고 싶은 게 뭔지 깊이 생각하게 됐다. 음식점 일에 열정이 있었기에 미국 땅 한가운데에 농장 직송 음식점을 열었고 빅그린이란 비영리단체를 설립했다. 열악한 환경의 학교에 교육용 야채밭을 조성해주었다. 스퀘어루츠Square Roots라는 회사를 열어 젊은 기업가들에게 도심 속 야채 재배를 가르쳤고 주차장에 해운 컨

테이너를 가져와 야채밭으로 가꿔냈다.

킴벌이 열두 살에 뭘 좋아했는지 떠올려보면 당연한 결과구나 싶다.

토스카는 7학년이던 열두 살 때 연극 선생이 더이상 연극 클럽을 지도하지 않기로 하자 그 일을 물려받았다.

딸아이는 항상 여배우 같았다. 아주 어린 나이 때부터 연극, 무용, 공연, 음악에 관심이 많았고 영화도 즐겨봤다.

요하네스버그에 살 때 우리는 금요일 저녁마다 소파에 모여 앉아 아이스크림을 먹으며(지금과 달리 먹는 걸 조심하지 않았을 때다) 로맨스 영화를 보았다. 토스카는 공연예술 클럽이란 클럽에는 다 가입했다. 그래서 토스카가 지금 감독이 되어 영화를 직접 만들고 패션플릭스Passionflix라는 회사를 차려 로맨스 소설들을 영화화하는 것이 조금도 놀랍지 않다.

아이의 영화 시사회 날 한껏 차려입고 함께 레드카펫에 서면 뿌듯하기만 하다.

부모들은 자녀 생각으로 스트레스에 시달린다. 아이들을 좋은 학교, 좋은 대학에 진학시키려 수많은 서류를 준비하느라 스트레스를 받고 폭식하는 부모들을 영양사 일을 하며 많이 접했다. 아이들이 가는 학교고 일자리이므로, 아이들에게 직접 쓰게 하라고 말해주었다. 자신의 미래는 자신이 책임져야 한다면서. 사업을 하고 싶어하는데 부모가 볼 때도 괜찮은 생각 같다면 지원해주자. 아이들에게 예절을 가르치되 원하는 일은 직접 결정하게 해주자.

테슬라나 스페이스엑스, 키친이나 빅그린, 패션플릭스 같은 게 나오리라고 나는 상상조차 못했다. 하지만 일론이 기술로 이룬 성취나 킴벌이 지어내는 음식의 세계, 토스카가 만드는 영화를 보면 이제 알겠다. 모두 그 아이들이 어렸을 적 좋아했던 것에 뿌리를 내리고 있다.

새로 시작하기

삶을 더 흥미롭게 만들어보는 거야

새로 시작하기란 어렵다. 낯선 곳으로 이사해야 한다면 더욱 그렇다.

성년이 된 후 옮겨다니며 살았던 여덟 도시에서의 삶을 되돌아보면 첫해는 외로웠고 두번째 해는 친구를 몇 사귀었으며 세번째 해는 정말 좋은 친구를 아주 많이 사귀었다. 나는 새로 시작하기가 어렵다는 사실을 받아들였다. 가장 큰 이유는 내가 혼자서 일하기 때문이다. 동료들과 함께 지내는 사무실이 없었다. 그래서 영양사들에게 닥치는 대로 연락을 취해 모임을 갖기 시작했다. 이렇게 해서 친해진 사람들도 있고 일부와는 아직도 친구로 지낸다.

새로운 곳에서 새로 시작하려면 밖으로 나가야 한다. 그냥 안에 처박혀 외로워하면서 인간관계와 사업이 활기를 띠기를 기대하고 앉아 있을 수는 없다. 사람들을 만나야 한다. 바로 거기서 일이 나오고, 친구와 동업자가 나오기 때문이다. 개구리 한 마리에게 입맞춰보고 왕자로 변하지 않는다고 포기할 수는 없는 일이다. 새로운 곳에서는 나가서 사교생활을 하는 것 자체가 일처럼 느껴진다. 사실 일이어서 그렇다.

행사 자리에 혼자 가기도 쉽지가 않다. 스트레스다. 아무도 나를 모르는데 모두가 서로에게 입맞춤을 날리고 포옹을 한다. 꿔다놓은 보릿자루처럼 멍하니 서 있기만 한다. 그들만의 클럽에 함부로 끼어들 수가 없다. 괴상하게 보일 것 같다. 운이 좋으면 누군가 사람 좋게 다가와 인사를 건넬 수도 있다. 가끔 한 시간 정도 누군가 다가와주길 기다려보고 아무도 안 오면 자리를 뜨겠다고 마음먹을 때가 있는데 정말 자리를 떠야 했던 경우는 극히 드물다.

이건 서른한 살 이혼 직후에 배운 사실이다. 친구 하나가 말해줬다. "계속 나가보는 거야. 그러지 않고 새 도시에서 사람들을 만나는 방법은 없어." 친구 말대로 해보았지만 혼자만 겉돌면서 튀는 기분이었다.

이후 모두가 이런 기분이라는 것을 깨닫게 됐다. 유명인조차 혼자일 수 있다. 블룸폰테인에서 모델학교를 운영할 때 학생들을 데리고 공항으로 미스유니버스의 마중을 나가달라는 청을 받았다. 그녀는 혼자 서 있었다. 나는 깍듯이 예절을 차렸으며 공연히 다가가서 친한 척하고 싶지 않았다.

아무도 아는 사람이 없는 파티 자리에서 누군가 가엾게 여겨주기 전까지 내가 겪었던 바로 그 상황이었다. 그때의 기분이 떠올랐다.

그래서 다가가 말했다. "안녕하세요? 모델학교 원장이에요. 환영한다는 말씀을 드리고 싶었어요."

그녀가 말했다. “말을 붙여주셔서 감사합니다. 혼자 서 있는 건 정말로 고역이거든요.”

그러니 기억하자. 미스유니버스조차 파티 자리에서는 어색해한다.

석사학위를 손에 쥐고 블룸폰테인을 떠나 가족이 사는 요하네스버그로 되돌아갔다. 빨리 사업을 성장시켜야 했다.

매일 똑같은 사람들에게 둘러싸여 일하는 직업이라면 그들이 친구가 될 수 있다. 나는 커리어를 확장하려 인맥을 쌓은 것이 아니라, 상황이 어떻게 돌아가는지 파악하고 영양사로서 성공했던 경험을 나누고 싶어 동료들과 친분을 쌓았다. 다른 영양사들도 자신의 사업 경험을 서로 나누고 시류에 영합하는 유행 식이요법은 멀리해주었으면 했다. 그런데 동료들이 강연 제의를 연결해주거나 대변인직, 언론 홍보 일에 추천해주기도 하고 고객을 소개해주는 등 무척 잘해줬다. 사무실에 앉아서 전화벨이 울리기를, 요즘이라면 이메일이 들어오기를 기다리기보다는 사람들과 교제하는 것이 사업 확장에 도움이 된다.

초청에 응하는 것 외에 최대한 많은 협회에 가입하는 것도 내 전략이었다. 영양사협회에 가입해 인근의 영양사 명단을 얻었다. 위원회 자리에 오를 수 있으면 바로 거기서 같은 사람들과 만나면서 서로를 더 잘 알게 된다. 나는 개인사업을 하고 있거나 하고 싶어하는 영양사들과 모임을 가지면서 어떻게 하면 성공할 수 있는지 조언을 해주고, 터놓고 이야기를 나눴다. 나도 새로운 사람들을 만났고 그들도 서로 만났다. 동료들이 하도 좋아해서 계속하기로 했다.

이 시기에 확실한 고객층을 확보했다. 2년 뒤에는 하루에 스무 명의 고객을 면담하게 되었다.

그러다 생각지도 못한 일이 터졌다. 전화가 먹통이 돼버린 것이다. 사무실로 쓰던 집의 전화선이 손상됐는데 1980년대 남아프리카공화국은 그런 걸 생산하지 않았고 유럽에서 전화선을 들여오려면 여섯 달이 걸릴 판이었다.

고객이 직접 찾아오거나 편지를 보내오는 경우를 제외하면 전화는 내가 모든 상담 일정을 잡고 고객들이 내게 연락을 취하는 유일한 수단이었다. 설상가상으로 내 번호가 서비스 불가임을 전화 건 사람에게 알려주는 안내도 전혀 없었다. 내 번호로 전화를 걸면 계속 통화중신호음만 듣게 되는 것이었다. 살아남으려면 계획이 필요했다. 이거면 되겠지 하며 무선호출기를 구입하고 모든 고객과 의사들에게 편지를 써서 호출을 하면 어떻게든 전화로 응답하겠다고 알렸다.

이 계획은 효과가 없었다. 3주간 하루에 한 명꼴로 손님이 왔다.

나는 무너지고 있었다. 수입이 계속해서 줄었다. 어째야 할지 막막했다.

다음 모임 자리에서 동료들은 내 전화가 항상 통화중이더라고 말했다. 나는 참지 못하고 울음을 터뜨렸다. 그러자 놀라운 일이 일어났다. 지난 2년간 나에게서 도움을 받아왔으니 이제는 자기들이 나를 도와줄 차례라고 동료들이 입을 모았다. 그들은 부업으로 맡아온 컨설팅 일자리를 여섯 개나 소개해주었다. 양로원과 개인병원 일자리, 신생아 섭식 연구, 글을 쓰거나 가르치는 일, 그리고 슈퍼마켓에서 영양 관련 조언을 주는 일자리였다. 각각의 일이 매주 네 시간에서 여섯 시간을 요했으며 전화는 전혀 필요 없었다. 다시 일을 하게 됐을 뿐만 아니라 덤으로 새로운 영양 관련 분야를 접할 수 있어서 무척 기뻤다.

전화선이 수리되고 사업도 회복되자 전에 없이 바빠졌다. 그리고 컨설팅이 새로운 수입원으로 자리를 잡으면서 영양사 커리어를 평생 지탱해낼 효자가 되어줬다. 이처럼 가장 좋은 계획은 도움을 받아들이는 것일 때도 있는 법이다.

동료 영양사 하나가 자진해서 내 아이의 일자리를 알아봐 준 일도 있다.

우리가 토론토로 막 이사한 뒤 일론은 일자리를 찾아야 했다. 영양사 회의에 참석했을 때 이 이야기를 꺼냈더니 한 동료가 남편이 마이크로소프트에서 일한다고 나섰다.

"우리 아들 컴퓨터 되게 잘해요." 내가 말했다. 엄마들이 으레 하는 소리지만 내 경우엔 허튼소리가 아니었기에 모두 놀랐다.

나는 평생에 걸쳐 다른 사람들의 성공을 돕기 위해 열심히 일했다. 놀라운 것은 때로는 나도 그들의 도움이 필요했다는 사실이다. 대가를 바라고 돕기보다는 돕는 행위 자체가 즐거워서, 그들이 잘되는 게 좋아서 도와주도록 하자.

일흔한 해 내 인생을 돌아보면 가장 친한 친구들 가운데 일부는 일을 통해 만난 사람들이다. 영양사와 모델로 계속 일하며 지금도 멋진 친구들을 많이 사귀고 있다.

이제 어느 행사에 가든 누군가 혼자 서 있는 사람이 눈에 띄면 다가가 우리 대화에 합류시킨다. 철저히 외톨이로 서 있는 사람을 본다면 여러분도 그러길 바란다. 괜히 겸연쩍을 것도 같지만 사실 그렇지 않다. 주로 그런 식으로 괜찮은 사람들을 만나게 된다.

필요하다면 외국으로 떠난다

모험을 해보자,
언제라도 돌아올 수 있으니까

인생은 예측할 수 없고 의외의 일로 가득하다. 모험을 걸고 커다란 변화를 시도해야 할 때도 있다.

나는 마흔한 살이었고 요하네스버그에서 번창하는 사업을 운영하고 있었고 멋진 집에 살았다. 마침내 걱정 없이 살 수 있구나 싶었다.

일론이 캐나다로 이주하고 싶어했다. 컴퓨터 관련 분야에서 뜻을 펼치려면 아무래도 북아메리카가 낫다는 생각에서였다. 나더러 시민권 복구 신청을 내줄 수 있느냐고, 그러면 나를 비롯해 저희 셋 다 캐나다 시민권을 받을 수 있다고 아이가 청해왔다.

토스카도 가고 싶어했다. 캐나다 생활이 더 재미있을 것 같았기 때문이다. 혹시 캐나다에 가게 되면 써먹으려고 열세 살 때 알리앙스 프랑세즈에서 프랑스어를 배우기도 했다. 그 애는 프랑스어가 캐나다의 두번째 공식 언어라는 걸 어디서 읽고 공부에 무척 몰두했다.

나도 같이 갔다. 학교에서 프랑스어를 배운 적이 있었기에 고급반을 들었다. 알리앙스 프랑세즈에는 반 대항 공연이 있었는데 우리 반에서는 오페라 가수가 필요하다는 이야기가 나왔다. 그런데 그런 재능을 가진 이가 하나도 없었다.

내가 나섰다. "우리 딸이 할 수 있어요."

"하지만 토스카는 초급반이잖아요. 프랑스어도 못할 텐데."

"방법을 찾아볼게요."

빌려온 금빛 오페라 드레스에 가발까지 쓰고 토스카는 프랑스어로 공연을 해냈다. 나이도 어리고 프랑스어도 못했지만 굴하지 않고 도전에 응해 멋진 공연을 펼친 것이다.

아무도 토스카를 알아보지 못했다. 성악가를 데려오다니 불공평하다는 소리도 들렸다. 그게 열세 살 토스카라는 것을 알고 모두 깜짝 놀랐다.

아프리칸스어 시험을 통과하지 못하면 낙제를 받는 남아프리카공화국이었기에 아이는 프랑스어가 서툰 것에 여전히 겁을 먹고 있었다. 이사를 결정하고 캐나다에 도착했을 때 프랑스어를 하지 못하면 낙제를 당할 거라고 생각했던 것이다.

모든 게 정리되기까지 긴 시간이 걸렸다. 기다렸던 여권이 드디어 도착하자 일론은 3주 후에 캐나다로 떠났다. 열일곱 살이었다.

주소록과 여행자수표 2천 달러를 들려 보냈다. 20년 전 처음으로 참가한 미인대회에서 받은 상금 100랜드를 불린 돈이었다. 그때 친구 하나가 상금으로 주식을 사보라고 했다. 주식시장이 폭락하면서 100랜드가 10랜드로 곤두박질친

1969년, 갓 태어난 일론의 명의로 계좌를 열었다. 1989년에 계좌를 살펴보니 2천 달러가 되어 있었다. 이 정도면 두어 주는 버틸 수 있을 것이었다.

캐나다의 가족에게 편지를 써 아이가 간다는 걸 알렸지만 아이가 먼저 도착했다. 국제우편이 여섯 주가 걸리던 시절이었다.

몬트리올에 도착해 내 삼촌에게 전화를 걸었으나 아무도 전화를 받지 않자 일론이 내게 전화를 걸었다. "이제 어떻게 하죠?"

나는 YMCA를 찾아보라고 했다. 그러고서 아이는 다른 삼촌을 찾아 토론토로 건너갔으나 그 삼촌도 없었다. 그러자 이번에는 나의 사촌들을 찾아 버스를 타고 서스캐처원으로 갔다.

아이가 문간에 들어서서 이렇게 말했단다. "안녕하세요? 저는 메이의 아들이에요." 일론은 거기서 열여덟 살을 맞았다.

열다섯 살을 앞두고 있던 토스카가 내게 말했다. "우리도 일론 오빠를 따라가면 좋을 것 같아요. 가서 뭘 하고 있는지도 보고요."

하지만 나는 케이프타운대학 박사과정에 입학허가를 받아 놓은 상태였다.

그래서 말했다. "여기서 학위 공부를 마친 다음에 그때 가면 어떨까."

"다 함께 이사를 못 가면 저라도 갈게요. 일론 오빠가 돌봐주겠죠."

말도 안 되는 소리라고 생각했지만 한번 가서 어떤지 보기로 했다. 이사할 생각은 전혀 없었으나 일론이 이미 가 있었고 킴벌도 고등학교를 마친 후 가고 싶다고 했고 토스카는 결심이 확고히 서 있었다. 아이들끼리만 보낼 수는 없었으므로 최소한 한번 가서 어떤지 봐야겠다 싶었다.

사업 기회가 있을지 살펴보러 캐나다에 간 차에 일론과 함께 다섯 개 주의 대학들을 방문해보았다. 몬트리올 한 곳만 내 프랑스어 실력이 연구를 맡기에는 부족하다는 이유로 거절했고 나머지는 모두 호의적인 반응을 보였다.

토론토대학에 관심이 갔다. 일주일에 열 시간 근무하는 연구원으로 채용하겠다는 제의였다. 그러면 영양사 사무실을 열어서 상담도 하고 공부도 하고 모델 일도 할 수 있었다. 토론토는 캐나다에서 모델 일거리가 가장 많은 곳이기도 했다. 게다가 아이들은 교직원 자녀 자격으로 수업료를 면제받고 공부할 수 있을 것이었다.

나는 다섯 개 주요 도시의 모델 에이전시를 다 찾아갔다.

40대 초반이었으므로 어떤 반응이 올지 자신이 없었지만 모두 좋다고, 나이든 모델이 필요하다고 했다.

3주 후 요하네스버그에 돌아와보니 토스카가 내 소유의 집과 가구와 자동차를 팔아버린 상태였다. 175센티미터에 나이는 열다섯 살밖에 안 먹은 아이가 내 허락은 상관없이 다 팔아넘긴 것이었다. 집안의 모든 것이 사라지고 없었다. 세상에 내 차까지……

서류에 서명하는 일만 남아 있었고 나는 그렇게 했다. 몇 주 후에 우리는 그 나라를 떠났다. 킴벌은 학교를 마친 후에 뒤따라올 예정이었다.

집과 차와 가구를 멋대로 팔아버린 토스카에게 왜 화를 내지 않았는지 묻는 사람들이 많았다. 그건 말하자면 일리가 있었기 때문이다. 언젠가 캐나다로 이주한다는 계획을 함께 의논한 바 있었고 아이는 그 시기를 앞당기고 싶었던 것뿐이다. 가족의 행동에 일리가 있다면 아무리 과격한 변화라도 따라주는 게 맞다.

토론토 이주는 우리 가족에게 좋은 결과를 가져왔다. 새로운 기회들이 있었기 때문이다. 요하네스버그에서 나는 최정상에 있었고 거기서 사는 게 좋았지만 아이들은 미국에서 미래를 봤다. 캐나다에서 먼저 시작하면 되었다. 처음에는 예상대로 힘들었지만 우리의 능력을 증명하고 나자 장기적으로 보아 모든 게 잘되었다.

단기적으로 보면 이제 다시는 전남편을 두려워하지 않아도 된다는 사실이 믿기지 않았다. 20년간의 지옥에서 완전히 해방되어 두려움 없이 산다는 것이 꿈처럼 행복했다. 이주가 자신과 가족에게 좋은 결과를 가져올지 자신이 없다 해도 괜찮다. 결과가 나쁘면 언제든 돌아가면 된다. 나는 돌아가지 않았다.

이제 앞으로 나아갈 때라면 모험을 걸고 정말 열심히 노력해 정착하기까지 3년이라는 시간을 주자. 그래도 삶이 나아지지 않고 몹시 불행하다면 예전 그곳으로 돌아가라.

친절한 행동

선행에 감사하자

우리는 일어나지도 않을 많은 일을 걱정하지만 예상치 못했던 끔찍한 일이 실제로 일어나기도 한다. 그런 일을 미리 알아내려 하지 말자. 아무리 계획을 세우고 준비를 한다 한들 어떤 일이 일어날지 정확하게 알기란 불가능하다. 토스카는 언어 문제로 차질이 생길까 걱정이 태산이었기에 프랑스어 공부를 했다. 하지만 토론토에 갔더니 프랑스어를 쓰는 사람은 하나도 없었다.

대신 다른 여러 일이 차질을 빚었다. 우리는 최선을 다했다. 친절하게 대해준 사람이 많았다. 친구도 있었고 생면부지 남남도 있었다.

남아프리카공화국을 떠나기 직전에 친구 하나가 거기서 미리 돈을 내면 토론토에서 첫 몇 달간 가구가 딸린 아파트를 세놓아줄 사람을 소개해주었다. 이를 시작으로, 이후에도 여러 도움의 손길을 받았다. 이 도움은 특히나 유용했는데, 왜냐하면 출국 후에는 남아프리카공화국에서 내 자금을 통제해 2천 달러 이상은 가져가지 못하게 할 것이었고 나는 당장 셋집이 필요했기 때문이다.

우리는 토론토에 도착한 후 아파트에 입주했다. 침실이 하나여서 토스카와 내가 침실 침대에서 자고 일론은 거실 소파에서 잤다. 12월의 토론토는 살이 에이게 추웠다. 우리 옷차림은 마이애미에나 걸맞을 차림이었다. 영하의 날씨에는 적합하지 않았다. 언니와 어머니한테서 20년, 아니 어쩌면 50년은 묵었을지 모를 외투를 빌렸다.

배워야 할 게 많았다. 원체 낯선 도시라 다니기가 고역이었다. 차를 살 형편이 아니어서 항상 지하철과 버스를 이용했는데 그걸 타려면 '루니'라는 무거운 1달러짜리 동전을 써야 한다는 것밖에는 몰랐다.

첫 두어 주 동안은 버스와 지하철 요금으로 쓸 1달러짜리 동전 여러 개를 커다란 가방에 담아 갖고 다녔다. 오디션도 가야 했고 아파트도 둘러봐야 했기 때문이다.

어느 날 버스 기사에게 환승권을 요청하는 관광객들을 보았다. 그들은 그걸 받아들고 지하철로 향했다. "환승권이라는 게 있어요?" 내가 물었다.

내겐 굉장한 발견이었다. 모델 일이 들어왔는데 현장까지는 꽤나 거리가 멀었다. 이제 환승권만 있으면 같은 방향으로는 어디든 맘껏 갈 수 있었다. 무거운 동전 가방을 더는 지고 다니지 않아도 되어 천만다행이었다. 물론 경비도 절약됐다.

마흔두 살이던 나는 어서 토론토에 사무실을 차리고 싶었지만 먼저 시험을 통과하고 등록임상영양사(RD) 면허를 따야 했다. 게다가 토론토대학에서 다섯 가지 학부 시험을 쳐서 대학원에서 일할 자격이 있음을 입증해야 했다. 면허를 따려면 20대 초반의 영양학과 졸업생들이 치는 것과 똑같은 시험을 쳐야 했다. 덕분에 처음으로 영어로 영양학을 공부했는데 무척 재미있었다.

그런데 하필 형편상 꼭 찍어야 하는 텔레비전 광고 촬영일이 시험일과 겹쳤다. 영양학과 교직원으로 일하는 영양사 하나가 내 시험을 연기시켜주었다. 놀라운 친절이었다.

영양사 회의에서 어느 동료가 야간에 진행하는 주 2회짜리 어린이 영양 강의를 하기 힘들다며 그 자리를 나에게 양보했다. 그런가 하면 학교도 나의 남아프리카공화국 석사학위를 그대로 인정해주었다. 면허를 새로 따야 할 필요가 없어진 것이다. 그렇게 느닷없이 일자리가 생겼다.

한편 모델 일도 계속했다. 나는 딱 보면 누가 모델인지 알 수 있었는데 다들 장신에 깡마르고 커다란 가방을 들고 있었기 때문이다. 우리는 머리와 화장을 직접 했을 뿐만 아니라 항상 구두와 액세서리와 가발과 머리장식 따위를 갖고 다녔다. 내가 거창한 고급 패션쇼 무대에 올랐던 건 아니다.

나는 모델 경험이 많긴 했지만 다 남아프리카공화국에서였다.

토론토에서 처음 참여한 리허설에서 신부의 엄마 역을 맡았다.

프로듀서가 물었다. "왜 샌들을 신고 있어요? 폴 호스fall hose와 펌프스pumps를 신어야죠."

나는 무슨 소린지 알 수 없었다.

"내가 뭐 소방관도 아닌데, 호스는 뭐고 펌프는 뭐예요?"

물론 호스는 스타킹이고 펌프스는 하이힐이다. 내가 그걸 어떻게 알았겠는가. 낯선 나라로 이주하면 그런 것도 배우게 된다.

그녀는 내 에이전시에 전화를 걸어 불평을 했다. 나는 일이 필요했는데 프로답지 못하다는 평에 그따위 대접을 받으니 울음이 터져나올 지경이었다. 상황을 엿들은 모델 하나가 내게 다가와 말했다. "토론토에는 19달러에 구두를 파는 가게가 있어요."

나는 은색 구두와 금색 구두를 한 켤레씩 사 형편이 나아질 때까지 모든 패션쇼에서 돌려가며 신었다. 어느 모델의 친절한 행동이었다.

한겨울, 토론토로 가는 항공편에서 내 옷과 학위증이 들어 있는 가방이 통째로 사라졌다. 봉제인형이 가득 든 토스카의 가방은 무사히 도착했다.

가방이 도착할 때까지 나는 일론과 토스카의 옷을 얻어 입었다. 새 옷을 살 형편이 안 됐기 때문이다. 왜 그렇게 이상한 행색인지를 사람들에게 설명해줘야 했다.

"미안해요, 가방이 사라져서요." 계속 이러고 다녔다.

한 달에 한 번씩 차를 렌트해서 공항 항공사를 찾아갔다. 가방에 대해 물었지만 매번 "죄송합니다. 소재가 확인이 안 됩니다"라는 소리만 들었다.

몇 달 후, 토론토에서 만난 한 남자에게 내 괴상한 옷차림을 설명했다.

그러자 그가 말했다. "가방을 못 찾다니 무슨 말이죠? 나하고 같이 공항에 가봅시다." 그가 차로 데리러 와줬다. 또 차를 렌트하지 않아도 돼서 좋았다. 그는 내가 얼마나 가난한지 짐작조차 못했다.

항공사 사무실에 들어가 그가 말했다. "나는 이분의 변호사입니다. 가방을 찾아주시죠."

"네, 알겠습니다."

사실 그는 회계사였다. 나는 자지러지게 웃었다. 믿을 수가 없었다.

이튿날 항공사에서 전화가 왔다. "멕시코시티에서 가방을 찾았습니다." 사흘 후 내 커다란 가방 두 개가 눈앞에 나타났다. 하나는 조금 손상되었고 스웨터 한 벌이 사라졌다. 다행히 학위증은 모두 그대로였다.

변호사 아닌 어떤 남자의 친절한 행동이었다.

미시소가에서 모델 일이 하나 나왔다. 차가 있다면 40분만에 도착할 거리였다. 아침에 일어나보니 눈이 내리고 있었다. 일터에 가야 하면 비록 눈보라가 쳐도 갈 방도를 찾아야 한다. 나는 큰 가방에 구두를 싸넣고 길을 나섰다. 버스 두 대와 지하철 두 번, 다시 버스 두 대를 탄 다음 높이 1미터 가까이 쌓인 눈을 헤치고 360미터를 걸어야 스튜디오였다.

보도가 안 보였다. 가로등주가 있고 찻길도 있어 그 사이 어디쯤이 보도일 거라 짐작했을 뿐 아무것도 보이지 않았다. 걷는 사람은 나뿐이었다. 스튜디오에 가겠다고 1미터에 달하는 눈을 헤치며 휘적휘적 걸었다. 두 시간이 걸려서 간신히 도착했다.

체크인을 하는 나에게 그들이 말했다. "궂은 날씨에 운전해 와주셔서 감사합니다."

"아니에요, 버스 탔어요."

그들은 얼이 빠진 얼굴이었다.

촬영을 마친 다음 다시 눈길을 헤쳐 도로로 빠져나왔다.

저멀리 길 끝에 버스가 한 대 서 있었다. 계속 걸어가 마침내 따라잡은 나에게 기사가 문을 열어주었다.

"고장인가요?"

"아니에요, 걸어오는 게 보여서 기다렸어요. 여기에서 딴 데 갈곳은 없고 당연히 버스를 타러 오는 거라고 생각했거든요."

버스 승객은 나뿐이었다. 버스 기사의 굉장히 친절한 행동이었다.

여기서 내가 나누고 싶은 교훈은 타인이 베푼 친절에 감사함으로써 행복해진다는 사실이다. 이 책을 쓰기 전까지는 얼마나 많은 사람이 내게 친절을 베풀었는지 몰랐다. 그러다 문득 깨닫는다. 착한 사람들 덕분에 삶이 한결 견딜 만했다는 것을. 그들은 내가 불편하고 속상하고 힘겨운 상황에서 벗어나게 도와주었다. 대가를 바라지도 않았다. 그냥 좋은 사람들이었고, 그런 사람들이 무척 많다. 우리 인생에서 일어나는 좋은 일들에 감사하자. 힘겨운 상황에 처해 있다면 가족, 친구, 심지어 낯선 사람에게서도 도움을 찾아보자. 그리고 모르는 사람에게도 친절하게 대하자.

PART 4 — SUCCESS — 성공

일하는 여자
더 열심히 일할수록 더 큰 행운이 찾아온다

아버지의 좌우명은 "더 열심히 일할수록 더 큰 행운이 찾아온다"였다. 사람들은 아버지에게 그렇게 성공하다니 정말 운이 좋았다고 했다. 내게도 같은 말을 하는데 그건 틀렸다. 우리 가족과 지인들은 내가 얼마나 열심히 일했는지 어떤 고생을 했는지 알기 때문에 이 책에 그런 이야기를 쓰라고 권한다. 타임스스퀘어 전광판에 등장한 적도 있고 예순아홉 나이에 커버걸이 되어보기도 했으니 굉장한 행운을 누렸다고 생각할 수도 있다. 사실 그렇긴 하다. 하지만 그런 행운을 만나려면 먼저 열심히 노력해야 한다.

토론토로 이주할 때 아주 적은 돈만 갖고 떠날 수 있었다. 요하네스버그에서 긴 고생 끝에 겨우 편안해졌는데 자금이 봉쇄되는 바람에 새로 시작해야만 했다.

회계사를 통해 매달 학생 한 명당 얼마씩을 송금받을 수 있었는데 우리 넷 다 학생이어서 식료품을 해결할 만한 돈은 되었다. 일주일에 열 시간 근무하는 연구원 일로 월세 인상이 통제되는 아파트에서 살 수 있었다. 곧바로 모델 일을 시작해 그 밖의 비용을 충당했다.

대학 일도 시작해야 했으므로 너무 바빠서 토스카의 학교 문제에 신경쓸 여유가 없었다.

토스카는 직접 팸플릿을 잔뜩 모아놓고 인근의 다닐 만한 학교를 물색했다. 그걸로 됐다 싶었는데 하교 후에 할 일이 전혀 없자 동네 햄버거 가게에 가서 일자리를 청했다.

가게 사람들이 물었다. "일주일에 며칠 일하고 싶은데요?"

"아, 저는 매일 일할 거예요."

가게 사람들이 말했다. "법적으로 일주일에 엿새씩만 일할 수 있거든요."

몇 시간을 일하고 싶으냐는 질문에 아이는 매일 열두 시간을 일하겠다고 했다. 법적으로 하루에 여덟 시간만 일할 수 있다는 대꾸가 돌아왔다. 이렇게 법률까지 배워가면서 아이는 난생처음으로 타인에게 고용되어 일하기 시작했다.

토스카는 그날부터 당장 그 가게에서 종일 일하기 시작했다. 학교에 가기 시작한 후로는 하교 후에 일했다.

물걸레로 바닥을 닦았고 쓰레기를 내다버렸으며 생전 안 해본 화장실 청소까지 했다. 사방 벽 전체에 벽장이 달린, 아이 입맛에 꼭 맞게 설계한 침실에서 살던 남아프리카공화국 시절과는 판이한 세계였다. 그때는 그 아이 방이 우리집에서 가장 좋았다. 그런데 이제는 나와 방을 같이 쓰면서 패스트푸드 식당에서 화장실 청소를 하는 것이었다.

하지만 아이는 이걸 모험이라고 생각했다. "이건 일이야"

하면서 묵묵히 해냈고 절대 불평하지 않았다.

그리고 한 달 내내 햄버거와 감자튀김을 먹었는데 남아프리카공화국에선 패스트푸드를 먹지 않았던 아이로서는 이 또한 색다른 경험이었다. 청소 담당 한 달 만에 드라이브스루의 부매니저로 승진하기도 했다.

토스카는 얼마 후 집에서 좀더 가까운 곳에 새 일자리를 잡았다. 고급 슈퍼마켓이었고 급료가 거의 두 배였다. 이것은 아이가 결코 잊지 못할 귀중한 경제 수업이었다.

이제 탁월한 협상가가 된 토스카는 모든 직원에게 공정한 상사이다. 직업윤리를 갖고 장시간 일하는 사람을 특히 높이 산다.

토론토 생활은 쉽지 않았으나 우리는 금세 배워나갔다. 나는 모델 일을 했지만 신용 기록이 전무해서 신용카드를 발급받지 못했다. 신청을 해봐도 번번이 거절당했다. 그래서 우리는 늘 현금을 지참하고 살아야 했다. 모델 일을 하고 보수를 받을 때면 두툼한 외투와 신발, 시트와 담요 같은 것도 사들일 수 있었다.

이 은행 저 은행 문을 두드려봤지만 신용 기록이 없기 때문에 신용카드를 받지 못했고 신용카드 없이는 그 나라에서 신용을 쌓을 수가 없었다. 신용을 쌓지 못하면 자동차나 사무실을 빌리는 것도 불가능했다. 봐주는 은행이 한 곳도 없었다.

백화점은 덜 깐깐할 테니 백화점 카드를 신청해보라고, 그렇게 신용을 쌓기 시작하라고 누군가가 권했다.

대형 고급 백화점 이튼스에 가보았다.

거기서도 거절당했다.

내가 대금을 제대로 납부할지 아무런 보장이 없다는 거였다. 그런데 마침 상담원의 책상 너머 벽에 어머니날 포스터가 걸려 있었고 그 모델이 나였다. 나는 포스터를 가리켰다.

그들의 얼굴이 밝아졌다. "카드 발급해드릴게요."

운이 좋았다. 이튼스 화보를 찍던 날이 떠올랐다. 대학에 하루 휴가를 낸 뒤 지하철과 버스를 타고 스튜디오에 갔는데, 고생한 보람이 있었다.

나는 행운을 타고났다. 좋은 부모 밑에서 탄탄한 교육을 받았다. 내가 벌어 공부를 계속한 끝에 3개국 여덟 개 도시에서 사업을 일구었다. 모델 일로 보자면 미인이었던 어머니를 닮았고 훤칠한 아버지의 키를 물려받았으므로 운이 좋았다. 모델로 일한 덕에 부수입도 얻었다. 일흔한 살인 지금, 안

정된 수입을 누리며 살고 있다. 행운이라고 부를 수도 있겠지만, 사실은 50년간 열심히 모델로 활동했고 지금까지도 건강과 체중을 유지하기 위해 그야말로 매일, 매 순간 노력한다. 그건 운이 아니다. 진정으로 힘든 일이다.

행운을 타고나지 않았다면 자신의 재능을 발견하고 열심히 노력해야 한다. 그리고 소셜미디어나 주변 사람들을 통해 세상에 알리자. 어떤 운을 타고났는지는 잊는 것이 좋겠다. 스물한 살이 되면 더이상 고아가 아니라는 말이 있다. 자신의 장래를 스스로 책임져야 한다는 뜻이다. 더 열심히 일할수록 운은 더 쉽게 찾아오게 돼 있다.

무엇을 원하는지 자신에게 물어라

집념이 성공을 불러온다

아이들이 어렸을 적에 나는 늘 자신이 원하는 것을 요청하라고 가르쳤다.

토스카가 열한 살일 때 미국 가수 로라 브래니건의 콘서트에 데려가준 일이 있다. 아이가 열렬한 팬이었다. 콘서트가 열린 리조트 소속 사진사로 있던 지인 덕분에 입장권을 얻었을 뿐, 돈 내고 갈 형편은 못 됐다. 무대에서 노래하는 그녀의 사진도 한 장 얻었다.

이튿날 음식점에 아이와 같이 앉아 있는데 글쎄 로라 브래니건이 가까운 테이블에서 점심을 먹고 있었다.

사인을 받고 싶었지만 겁이 난 토스카는 자꾸만 "사인해달라고 못 하겠어"라고 했다.

"부탁하지 않으면 결과는 벌써 거절인 거지. 하지만 부탁을 하면 혹시 승낙할 가능성도 있잖아. 그러니 '거절' 아니면 '승낙할 수도 있음' 중에서 선택하는 거야."

곰곰이 생각해보더니 아이가 말했다. "알았어."

그리고 자리에서 일어나 로라 브래니건에게 다가가 사인을 부탁했다.

로라는 먼저 "잠깐, 이 사진은 어디서 난 거니?" 하고 물었다. 처음 보는 사진이었던 것이다. 리조트 사진사가 주었다고 대답하자 사인을 해주었다. 아이는 입이 귀에 걸렸다. 이 대

성공을 결코 잊지 않았다.

토스카가 패션플릭스 투자자를 찾고 있을 때 킴벌이 말했다. "계속 회의에 온다는 건 아직 관심이 있다는 거야." 그건 사실로 드러났다.

확실하게 거절을 당하면 다음 갈 길을 가라.

거절하지 않았다면 승낙을 받을 때까지 계속 시도하는 것이다.

새로운 도시로 이사할 때마다 영양사 사업을 새로 일궈야 했다. 남아프리카공화국 안에서는 비교적 수월했다. 인근에 영양사 사무실이 개설된다고 하면 의사들은 언제나 호의적인 반응을 보이며 곧바로 환자들을 보내주었다. 캐나다에서는 더 그럴 줄 알았다. 하지만 뚜껑을 열어보니 정반대였다.

환자가 필요하면 환자를 보내달라고 요청해야 했다. 나는 토론토의 의사들에게 편지를 써 환자들에게도 도움이 될 테니 소개를 해달라고 청했다. 그런데 알고 보니 이 편지들은 원무과 매니저에게 배달된 뒤 대부분 무시됐다. 아무리 그래도 백 통을 보내면 응답이 몇 군데에서는 오리라 기대하기 마련이다.

토론토에서 처음 편지를 여러 통 보냈을 땐 전화가 고장난

줄 알았다. 전화가 단 한 통도 오지 않았기 때문이다. 의사들에게 전화를 돌리기 시작했다. 대부분의 원무과 매니저들은 의사가 나를 만날 생각이 없다고 답변했다. 계속 전화를 하면 약속 스무 개는 잡힐 것 같았다. 예상은 적중했다.

나는 나 자신의 조언을 따랐다. 보장된 승낙이란 없지만 그렇다고 부탁조차 안 한다면 그건 보장된 거절이다.

나는 대기실에 앉아서 때로는 몇 시간이고 순서가 오기를 기다렸다. 의사들에게 당뇨병전증을 보이거나 콜레스테롤 수치가 높은 환자, 고혈압 환자들을 보내달라고 청했다. 식습관을 개선한다면 석 달 안에 혈액검사 수치가 좋아질 것이었다. 거기다 약의 부작용도 피할 수 있다.

의사들은 환자를 보내길 꺼려했다. "영양상담은 보험이 적용되지 않아요. 대신 체중감량 약물은 적용이 되고요."

"환자들이 말을 안 들을 거예요"라고도 했다.

기회만 주면 환자들이 따르게 할 자신이 있었다. 정말 몇 명만 보내주면 결과로 입증할 참이었다. 식습관이 좋으면 에너지가 샘솟고 전반적으로 컨디션이 아주 좋아진다. 그것이 내 영양상담의 기초였다. 결국 의사 넷이 시험삼아 환자 몇 명을 보내주었다.

진짜 결과는 하룻밤 사이에 나오지 않는다. 고혈당 환자가 혈액검사 결과를 들고 찾아왔다고 하자. 석 달 후까지도 권장 식단을 지키면 약 10킬로그램을 뺄 수 있다. 혈당 수치도 정상이 되고 당뇨 위험도 내려간다.

환자가 상당한 개선을 보이고 의사도 그에 주목하면서 나는 몹시 바빠지기 시작했다. 약 여섯 달이 지나서는 아침 7시 30분부터 저녁 7시 30분까지 환자를 보게 됐다. 주말과 휴일에는 서류작업을 바짝 처리하고 환자 통신문이나 서비스 팸플릿을 곁들인 자기소개서를 발송했다. 신문, 잡지, 텔레비전 방송국 등에 연락해 언론 홍보에도 손을 댔다. 쉽지 않았다. 도통 관심들이 없었다. 나는 아직 무명이었다.

이름을 알려보려고 영양사 총회에도 나가고 기회가 있으면 할 수 있게 강연도 준비했다. 역시 더딘 과정이었다. 영양 관련 강연을 하고 기업에 팸플릿을 발송하고, 강연을 하나 더 하고 또 팸플릿 발송하기를 거듭하면서 점차 강연 횟수도 늘어났고 식품업계를 상대로 컨설팅도 하게 되었다. 오래지 않아 온타리오 컨설팅영양사협회 의장에 이어 캐나다 컨설팅 영양사협회 의장까지 올랐다. 이렇게 되자 언론이 시도 때도 없이 뉴스 기사에 논평을 청하거나 영양과 관련된 질문을 던져왔다.

토론토에 이주한 지 4년째인 1994년, 나는 캐나다 영양사 협회에서 강연을 했다. 청중 가운데 출판사 중역이 한 사람 있었다.

강연이 끝나자 그녀가 나에게 말했다. "책을 꼭 쓰면 좋겠어요."

이것은 오로지 포기하지 않고 밀고 나간 결과다.

수줍음을 타거나 자신감이 부족해서 또는 거절이 두려워서 원하는 것을 요청하기 싫어하는 여자들이 있다. 상대적으로 남자들은 그런 문제가 없는 것 같다. 그들은 자신이 훌륭하며 그래서 더 나은 일자리를, 연봉 인상을, 더 많은 혜택을, 창이 난 개인 사무실을 당당히 요구할 권리가 있다고 생각한다. 실상은 밉살맞고 무능력한 사람마저도 그렇게 생각한다. 수도 없이 보는 일이다.

근래 실직한 여자에게 어디서 새 직장을 알아볼 계획인지 물었다. 우주의 뜻에 맡겼다는 것이 그녀의 대답이었다. 나는 이력서를 보내보는 편이 낫지 않겠냐고 말했다. 이력서를 스무 곳에 보냈는데 취직을 못했다고? 나도 그랬다.

집념은 때로 승리한다. 항상 그런 것은 아니다. 요청했는데 거절당하면 다음 갈 길을 가라. 하지만 뭔가를 원한다면 계속 청해야 한다.

기분 최고
실망의 늪에 빠져 허우적대지 말자

내 아이들은 모두 타지에 있는 대학에 갔다. 전적으로 저희들 결정이었다. 내가 토론토대학에서 일할 때 아이들이 의학 또는 법학을 선택했다면 학비를 면제받고 공부할 수도 있었다. 방세나 식대 걱정 없이 나와 함께 지낼 수도 있었다. 그런데도 아이들은 독자적인 길을 가고자 했다. 일론은 물리학과 경영학을 공부했고, 킴벌은 경영학을, 토스카는 영화를 택했다. 다들 장학금과 학자금, 대출 등을 직접 챙겼다. 스스로의 힘으로 제 갈 길을 가는 게 보기만 해도 흐뭇했다. 어쩌면 내 콩수프가 지긋지긋했는지도 모른다.

사람들은 아이들을 위해 살아온 내가 이제 빈둥지증후군을 겪을 거라고 말했다. 그럴 것도 같았다. 고객들 중에 아이들이 집을 떠나자 우울증에 빠진 이들이 많아서 나도 그렇게 될 줄 알았다. 그런데 아니었다. 나는 좋았다. 그러고 보면 다른 사람들이 겪는 문제라고 해서 반드시 나는 겪게 되는 건 아닌 모양이다. 아흔 살 되신 분이 이런 이야기를 하셨다. "걱정하는 일의 95퍼센트는 절대로 일어나지 않아."

마지막으로 토스카마저 떠나고 나자 나는 외쳤다. "이제 자유라니 믿기지 않아."

혼자 살기는 20년 만에 처음이었다. 이제 밤에 운동도 할 수 있고 집에 먹을 게 있는지 신경쓸 필요도 없고 세상에, 발가벗고 집안을 돌아다녀도 됐다(한번 해보기는 했는데 티셔츠를 입는 편이 더 좋았다). 책을 계약하고 나서는 매일 밤 다섯 시간씩, 주말에는 열두 시간씩 글을 썼다. 초고를 석 달 만에 써냈다.

어서 아이들에게 보여주고 싶었다.

한 달에 한 번씩 돌아가며 아이들을 찾아갔다. 매달 2천 달러씩 아껴놨다가 비행기표 등 경비에 충당했다. 제일 싼 비행기표를 사놓고 셔틀은 너무 비싸서 버스를 타고 공항에 갔다. 150달러에 비행기표를 살 때도 있었다. 남는 돈은 아이들을 위해 썼다. 음식이 됐건 옷이나 가구가 됐건 원하는 걸 들어주었다.

일론을 보러 와튼에 가는 길에 물었다. "뭐하고 싶니?"

일론이 대답했다. "우리 뉴욕에 가요."

우리는 기차를 타고 뉴욕에 가 관광객답게 이곳저곳을 둘러보았다. 록펠러센터에 함께 앉아 원고를 보여줬다. 열량과 신진대사, 필수영양소 같은 '흥미진진한' 정보 일색이었다.

좀 훑어보더니 일론이 말했다. "이건 따분해요."

"무슨 뜻이야?"

"매일 스물다섯 명의 고객을 보시는 이유가 무엇인가요?

그 사람들이 알고 싶어하는 건 뭐고요?"

"뭐, 영양에 대한 조언을 들으려고 오는 거지."

"그러면 그걸 책에 써야죠."

일론은 그 나이에도 벌써 지혜로웠다. 나는 아이 말을 들었다. 그날 이후로 고객과 상담을 할 때마다, 책을 쓰고 있는데 이름을 밝히지 않는 조건으로 상담일지를 사용해도 괜찮을지 물어보았다.

그들의 이야기가 책을 쓸 때 엄청나게 큰 도움이 됐다. 고객들은 식단 계획 외에 이미지와 자존감 이야기도 해주길 바랐다. 내가 고객들에게 머리와 복장을 바꿔보고 어깨를 펴고 당당히 서서 미소를 지으라고 말하곤 했기 때문이다.

조언받은 내용을 다 책에 써서 아이들에게 보여줬더니 한결 반응이 나아졌다. 모두 나서서 도와주었다. 킴벌은 원고를 다섯 번이나 교정해주었다. 자기는 여섯 번을 했다고 토스카는 말했다. 어머니는 소리 내 읽으며 흐름을 점검해주기도 했다. 서로의 성공을 위해 도움을 아끼지 않는 가족들이 내 복이었다.

원고를 받은 출판사는 제목을 '기분 최고Feel Fantastic'로 결정했다. 읽고 나서 그런 느낌이었다는 것이다. 그리고 표지에 내 사진을 싣자고 했다. 사진 촬영비가 제공되어 아는 사진사를 고용하고 줄리아의 스타일링도 받았다. 빨간 바지정장을 입었는데 내가 산 가장 비싼 정장이었다. 그래도 강연할 때마다 입고 또 입었으니 본전은 뽑고도 남았다. 그때는 소셜미디어가 없어서 모든 강연에서 똑같은 복장을 입어도 아무도 몰랐다.

드디어 내 커리어가 만개하는 듯했다. 강연 의뢰가 줄을 이었고 덕분에 책도 더 팔렸다. 켈로그 본사에서 강연한 적도 있다. 건강한 식생활과 자존감을 주제에 넣었다. 활력이 넘치고 영양가 있는 음식을 섭취하면 몸 상태가 좋아지면서 자신감도 상승하기 때문이다. 이 인연으로 중대한 돌파구를 얻었다. 켈로그측에서 여성 자존감 증진 캠페인의 일환으로 내 책 표지를 자사 스페셜 K 시리얼 박스에 실으면 어떨지 타진해 온 것이다.

나는 시리얼 박스에 얼굴과 함께 책 표지가 실린 최초의 영양사가 되었다. 정말 기분 최고였다. 케이는 슈퍼마켓 한 구역 전체가 내 시리얼 박스로 뒤덮인 것을 보고 무척 신이 났다.

지나가는 남자를 붙들고 말했다. "저이가 내 쌍둥이 자매예요!"

대단하다며 감탄할 줄 알았더니 황급히 내빼더라고 했다.

이 이야기를 나누며 케이와 나는 배를 잡고 웃었다.

이 무렵, 나는 사업과 아이들의 공부와 책에 대해 자신감이 넘쳤다. 그동안 세입자로 오래 살았던데다 마흔여섯이라는 나이도 있어 새로운 도전을 해볼 만하다 생각했다. 바로 내 집 장만이었다. 때가 된 것이다.

저축한 돈이 좀 있었는데, 마침 토론토 사무실 근처에 매물로 나온 예쁘고 아담한 이층집이 눈에 띄었다. 당시 캐나다에서는 집값의 5퍼센트만 예치하면 집을 살 수 있었다. 20만 달러짜리 집이었고 내 은행 계좌에는 1만 달러가 있었다. 내 첫 저축예금이었다.

고급 쇼핑몰에 자리한 은행에 가서 대출 신청서를 작성했다. 거기서 모델 일을 하는 걸 본 매니저가 도움이 되지 않을까 해서였다. 내가 직업이 있다는 것을 아는 거니까. 신청서가 통과될 거라고 확신했지만 2주가 지나도록 감감무소식이었다. 찾아가서 물었다. "대출 신청 관련해서 지난주까지 연락을 받기로 했거든요."

매니저는 난감한 얼굴로 해명했다. "거절이 되었어요."

지난 5년간의 소득이 충분하지 않다고 했다. 사업체 소유주가 한 명뿐인 것도 담보대출에 위험 요인이 되었다.

기가 막히고 허탈했다. 나는 훌륭한 고객이었고 쇼핑몰에서 모델 활동을 하는 것도 보여주었다. 그런데도 거절이라니. 일터로 돌아가야 했기에 실망의 늪에 빠져 있을 시간이 없었다. 이건 그냥 계획이 잠시 지연됐다는 의미였고, 나 자신을 입증하기 위해 저축을 더 해야 했을 따름이다.

이런 와중에 킴벌이 토론토에서 일하면서 내 사무실 전화로 일론과 매일 통화를 했다. 800달러에 달하는 전화요금 청구서를 보고 킴벌에게 일론이 있는 캘리포니아주 팰로앨토로 건너가라고 권했다. 킴벌은 제 형과 함께 최초의 테크놀로지 회사를 세우고자 실리콘밸리로 옮겨갔다. 바야흐로 인터넷 붐이 일던 시절이었다. 두 형제가 세운 첫 회사 집2Zip2는 지도와 상세한 운전 경로를 제공하는 서비스 업체로, 전 세계 주요 뉴스 사이트와 협력해 온라인에서 정보를 제공했다. 아주 새로운 발상이었고 사람들의 일상을 편리하게 해주는 훌륭한 서비스라고 생각됐다. 힘닿는 한 돕고 싶었다. 나는 6주에 한 번씩 정신없이 일하는 아이들을 찾아가 식료품과 옷과 가구를 사주고 인쇄비도 지불했다. 미국 신용카드를 발급받지 못했기 때문에 내 캐나다 신용카드를 쓰게 해주었다.

아이들은 자금이 거의 다 떨어졌는데 일을 계속 추진하려면 급전이 필요했다. 다행히 은행에는 아직 1만 달러가 남아 있었고 그걸 주었다. 아이들이 하는 일을 믿었기 때문이다.

벤처 투자자들과 회의를 앞둔 전날 밤, 킴벌은 나와 함께 킨코스에 가서 프레젠테이션 자료를 컬러로 인쇄했다. 한 페이지에 1달러라는 거금이 필요했기 때문에 내가 내줬다.

이튿날 아침, 뜬눈으로 밤을 새운 탓에 모두 곤죽이 되어 있었다. 물론 평소에 잠이 없는 일론은 말짱했다. 언제나 밤늦도록 프로그램 코딩을 하는 아이였다. 이미 여러 달 동안 수많은 벤처 투자자들 앞에서 사업계획을 발표해왔는데 그날 아침 만난 벤처 투자자 두 사람이 마침내 처음으로 투자를 제의했다. 우리는 뛸듯이 기뻤다.

그날 저녁 내가 말했다. "이 동네에서 가장 좋은 음식점에 가자."

우리는 근사한 음식점에 갔다. 지치고 꾀죄죄한 꼴이었지만 극진한 대접을 받았다. 왜 그리 친절하게 대해줬는지 지금도 모르겠다. 뭘 먹었는지도 기억이 안 난다. 값싸고 빠르고 새벽 2시에도 문을 여는 잭인더박스Jack in the Box 같은 것만 먹어온 터였다. 킴벌은 그날 먹은 치킨 파히타 피타의 맛이 지금까지도 혀끝에 느껴진단다.

계산서가 나왔다. 식비를 지불하고 내가 말했다. "너희들 이제 내 신용카드 볼 일 없을 거야."

과연 그랬다.

결론적으로 나는 실망에 빠져 허우적대면 안 된다는 것을 배웠다. 실망했다면 방향을 바꿔보자. 애인에게 차이거나 원하던 일자리를 놓치면 깨끗이 잊어버리고 나아가자. 주택담보대출을 거절당하면 신용등급을 높이기 위해 노력하자. 이런 일들은 내게 수없이 일어났다. 결혼과 연애가 성공적이지 못했고, 수많은 일자리를 거절당했다. 삶이 송두리째 흔들려 여러 나라와 도시를 옮겨다녀야 했다.

연애에 관해 이야기해보자면 남자에게 차이면 여섯 달 슬프던 게 석 달로, 3주로, 급기야는 사흘로 점점 줄었다. 처음에 그렇게까지 허우적거리지 않았다면 좋았을 텐데 싶다. 그런 모습은 매력적이지 못하고 짜증스럽기까지 하여 당신을 피하고 싶어지게 한다. 영양사 사무실 고객들이 울상을 짓고 찾아오면 어깨를 펴고 미소 띤 얼굴로 당당히 걸으라고 했다. 내 기분까지 망치고 싶지 않다고 했다. 고객들은 웃음을 터뜨리며 조언 감사하다고 했다. 부수입이 꼭 필요한 상황에서 성사될 줄 알았던 모델 일이 불발되면 겁이 났지만 이젠 익숙해졌다. 아니, 오히려 강아지 산책시킬 시간이 생겨 잘됐다고 생각할 수도 있다. 내가 집에 있으면 늘 좋아하는 녀석이다. 나이들어 좋은 것 하나는 실망할 일이 생긴대도 이미 다 겪어본 것이라는 사실이다. 훨씬 빠르게 회복한다.

내가 주고 싶은 조언은 최대한 긍정적인 자세를 가지라는 것이다. 시간이 지나면 상처는 아문다. 나보다 빨리 실망에서 빠져나오려고 노력하기 바란다. 강아지를 길러도 좋다.

앞으로 나아가자
새로 시작하는 게 최선일 수도 있다

누구나 한 곳에서 다른 곳으로 옮겨갈 때는 이유가 있다. 이주는 힘든 일이므로 시답잖은 이유는 안 된다.

어머니는 사업을 위해 무스조에서 리자이나로 이주했고 중간에 뉴욕과 시카고 등 대도시에서 무용 교육을 받았다. 아버지는 잔뼈가 굵은 농장을 뒤로하고 리자이나로 떠났다가 어머니를 만났다. 가족을 데리고 남아프리카공화국으로 이주할 때는 라일락 자카란다 나무가 아름다운 프리토리아를 택했다.

내 경우 처음으로 이사한 이유는 교육이었고 나중에는 어려운 상황에서 벗어나기 위해서였다. 더 나중에는 아이들과 가까이 있고 싶어서 또는 행복하게 살 곳을 찾아서였다. 그리고 본래 답답함을 잘 느낄뿐더러 새로운 도시, 나라, 문화를 배워보고 싶어하는 성격이기도 하다. 쌍둥이 자매 케이는 내 바짓가랑이에 개미들이 들끓어 그런다고 농담을 한다. 아이들은 기회를 찾아, 좀더 배우기 위해, 저마다의 가족을 위해 이주했고 나는 그런 그들과 가까이 있고 싶어서, 떨어져 지내려고, 종국에는 다시 가까이 살고 싶어서 이사를 다녔다.

성년이 되고 나서 나는 총 3개국 아홉 개 도시에서 살았다. 이사는 항상 힘들었다. 다른 나라로의 이주는 더더욱 큰일이다. 캐나다 법률 개정 덕에 내 시민권을 북아메리카 이주를 원한 아이들에게 물려줄 수 있게 되었을 때 서류작업에만 수개월이 걸렸다. 줄을 서서 필요한 서류를 문의하고 대기실에서 기다렸다가 조언을 듣고 서류를 한 통 한 통 제출하고 또 제출했다. 드디어 캐나다 시민권을 취득했을 때 들은 얘기는 나는 캐나다 출생자여서 애초에 그 서류들이 필요 없었다는 거였다.

토론토에서 이사를 두 번 했고, 뉴욕에서는 세 번 했다. 일찌감치 계획을 세우고 공연히 배보다 배꼽이 큰 상황에 빠지지 않으려고 이사 비용을 들일 가치가 있는 물건들만 꾸렸다. 학술 간행물 더미를 번번이 지고 다녔는데 공간을 많이 차지할 뿐 아니라 무겁기까지 해서 이사비가 만만치 않았다. 다행히 인터넷이 보급되면서 이제 노트북컴퓨터만 갖고 다니면 된다. 모든 연구 자료를 온라인에서 열람할 수 있다. 정리된 삶을 살아야 한다. 덕분에 물리적, 정신적으로 쓸데없는 것들을 처분하게 된다는 장점이 있다.

토론토 생활은 즐거웠고 사업도 잘됐지만 아이들이 저희 가까이 있어주길 원했다. 이사는 전혀 생각해본 적 없었다.

평생 토론토에서 살 줄 알았다. 그럴 계획이었다. 하지만 계획을 변경할 때였다.

미국 이주는 이전 이사에 비해 훨씬 더 힘들었다. 아버지가 미니애폴리스 출생이었으므로 이민이 가능한지 알아보러 먼저 토론토의 미국 영사관에 가봤다. 200여 명의 이민 희망자들과 함께 여러 시간을 기다린 끝에 서류를 한 무더기 받았는데 작성만 하면 되는 것이 아니라 증빙서류들을 찾아야 했다. 영사관에 들러서 반나절씩 기다리기를 여섯 달이나 계속한 다음에야 아버지는 내가 태어나기 6년도 전에 캐나다로 이주해서 불가능하다는 사실을 간신히 확인했다. 그것은 닫힌 문이었고 대신 취업비자 H1B를 신청해야 했다. 그것도 수개월이 걸렸다.

마흔여덟 나이에 미국 영양사 시험도 준비해야 했다. 생화학 공부가 많았는데 전 세계에서 통용되는 미터법이 아니라 온스, 파운드, 피트, 인치 따위의 영국식 측정 단위가 기준이었다. 양쪽 도량형을 다 습득하기가 얼마나 어려운지 말도 못 한다. 하지만 이런 경험이 이후 국제행사 강연에 도움이 되기는 했다.

당시 좌골신경통이 심해 밖에 나가지를 못했는데 힘겹게나마 일은 할 수 있어서 누워서 공부를 하곤 했다. 그나마 다행이었고 놀랍게도 합격 통지를 받았다. 토론토의 사무실을 처분하고 아들들이 사는 마운틴뷰 집으로 이사를 했다.

막상 가보니 산동네도 아니고 전망도 없었다. 아이들도 없었다. 밤낮으로 일만 했기 때문이다. 내가 저희들하고 대략 3주를 함께 지냈는데 킴벌은 기억조차 없다고 한다. 그 정도로 아이들은 오직 일뿐이었다.

"나도 살아야겠어. 좀더 큰 도시로 이사하자. 샌프란시스코로 가야지." 그렇게 결심했다.

아직 사업을 재개하지 못했고 토론토 사무실을 정리하고 남은 돈은 얼마 못 갈 것이었으므로 예산이 빠듯했다.

킴벌의 차를 빌려 샌프란시스코로 달려가 아파트를 알아보았다. 미국에서 쌓은 신용이 없는 형편이라 최대한 있어 보이도록 정장을 차려입고 은행지급 보증수표를 들고 긴 줄을 서서 기다렸지만 실패했다. 그러던 중에 노브힐의 가구 딸린 방 하나짜리 아파트를 세로 내주겠다는 중개인을 만났다. 게다가 캐나다 신용카드를 쓸 수 있었다. 주로 학술지와 책 외에 가져온 세간이 거의 없었으므로 내게는 안성맞춤이었다. 찾아온 친구들은 아파트가 굉장히 구식이고 내 스타일이 아니라고 했지만 그런 건 상관없을 만큼 좋은 조건이었다. 가장 마음에 든 것은 아래층에 사무실로 쓸 만한 서재가 있다는 점이었다.

또다시 환자를 보내달라고 청하는 편지를 의사들에게 써 보냈다. 샌프란시스코 일대에서 강연을 많이 했다. 새로 온 입장에서 일단 얼굴을 알려야 했으므로 무보수일 때가 많았다. 그런 강연일수록 기획이 허술하기 쉬워서 청중도 몇 안 됐지만 간혹 고객이 생기기도 했기에 개의치 않고 열심히 했다. 하나 배운 건 보수가 있는 강연이 전반적인 대우도 좋다는 사실이었다.

강연을 할 때마다 팸플릿을 인쇄해서 홍보용으로 썼다. 각종 영양사협회와 기업에도 보내서 나라는 사람의 존재를 알려보았지만 반응은 싸늘했다.

사업을 일구는 데 시간이 너무 걸렸다. 돈이 바닥나고 있었다. 석 달 후, 집세를 내지 못할 형편에 눈물이 쏟아졌다.

아들들에게 전화를 했다. 킴벌은 내가 울음을 터뜨리는 소리는 처음 들었다고 했다.

"저희가 집세 내드릴게요." 아이들이 말했다.

나는 내키지 않았지만, 늘 일에 파묻혀 지내느라 어차피 돈 쓸 틈도 없다는 것이 아이들 말이었다.

더 저렴한 거처를 알아보기 시작했다. 갈 만한 곳이라곤

텐더로인 경계의 위험한 동네뿐이었다. 더럽고 어둡고 악취 나는 복도. 그래도 값이 쌌다. 아들들과 조카들이 와서 이사를 도와주었다. 동료에게서 사기로 한 중고 침대를, 트럭을 가진 친구가 가서 가져왔다. 이 스튜디오 아파트에 짐을 부렸다. 짐이라고 해봤자 얼마 없었지만.

다른 동료가 피트니스 클럽 세 곳에서 하던 일자리를 주었다. 자기는 집에서 한 시간 반 거리라 고작 손님 몇 보자고 그 길을 운전해서 가는 게 배보다 배꼽이 더 크다고 했다. 그래도 내게는 그 일 덕에 샌프란시스코에서 조금 더 버틸 여유가 생겼다.

내 쉰번째 생일, 그러니까 바로 전해에 아이들이 조그만 나무 모형 집과 자동차를 주면서 언젠가 둘 다 사드리겠다고 했다. 그때는 그냥 기특하기만 했다. 집2를 매각한 아들들이 이제 그 집과 차를 살 때가 되었다고 했다.

토스카가 함께 샌프란시스코 집들을 돌아봐주다가 자기가 사는 로스앤젤레스로 오는 게 어떻겠냐고 해서 로스앤젤레스 집들도 좀 보았다. 그러다 마침 뉴욕에서 영양사 사업에 관한 강연이 잡혔다. 도착한 순간 깜짝 놀랐다. 뉴욕 사람들은 걸음도 말소리도 생각도 다 빠르고, 말과 행동이 일치한다. 딱 내 스타일이다 싶었다.

아이들에게 선언했다. "나 뉴욕으로 이사할 거야."

"어떻게 된 거예요?"

"내가 자극이 좀 필요해서."

뉴욕을 전혀 모르는 나는 고객의 동업자 집에서 소파 신세를 지며 셋집을 알아봤다.

"어퍼 이스트 사이드에 살아야 해요." 사람들이 말했다.

"다운타운은 안 되나요?"

"42번가 밑으로는 아무도 안 살아요."

이번에도 신용 기록이 없다는 이유로 아무도 내게 세를 주려 하지 않았다. 현찰로 1년 치를 선불하겠다고 제안했다.

"마약상이나 매춘부 말고는 그렇게 안 해요."

내 캐나다 신용카드로 월 단위 결제를 받아주는 가구 딸린 아파트를 찾아보라고 누군가가 권했다. 그렇게 해서 찾은 것이 22번가의 파크와 브로드웨이 사이에 있는, 전쟁 전에 지어진 건물 10층의 아파트였다. 커다란 창문 너머로 급수탑 서른여 개가 보이는 전망이 정말 멋지다고들 했다.

뉴욕에서 여생을 보낼 줄 알았다. 거기서 살다보면 그야말로 세상의 중심에 사는 느낌이 든다. 그런데 많이들 그러듯이 주택조합 문제에 부닥쳤고, 모든 게 지긋지긋해져버렸다. 정말 속이 상했다.

쌍둥이를 낳은 딸을 도와주러 로스앤젤레스에 갔는데 아이가 뉴욕으로 못 가게 했다. 그래서 아파트를 팔아버렸다. 화분이며 주방 물건들은 원하는 이들에게 나눠주거나 창고에 보관했고 가구 일부는 가족에게 보냈다. 토스카와 여덟 달을 보낸 다음 아파트를 구입했다. 잘한 결정이었다. 로스앤젤레스에 있는 아이 둘, 손주 일곱과 가까이 살 수 있어 정말 좋다. 여전히 여행도 자주 한다.

매번 배우는 건 있지만 이사는 해도 해도 힘들다. 이사를 할 때마다 미리 계획을 짜고 가져갈 가치가 없는 것들은 나눠주고 덩치 있는 것들은 팔거나 창고에 보관하곤 했는데 이것만도 큰일이다. 그리고 이사 후 처음 몇 년은 으레 고생이 뒤따른다. 외로운데다 정신적, 육체적 상실감도 자주 느낀다. 사업을 했던 터라 같은 도시 안에서 이사를 해도 고객들에게 바뀐 주소를 알려줘야 했는데 그런 건 다 보람이 있었다. 하지만 지금보다 나아진다는 확신이 없다면 이사를 권하고 싶지 않다. 상황을 호전시킬 수 있다고 생각되면 도전해볼 만하다.

이사는 그럴 만한 이유가 있어야 한다. 좀더 나은 기회를 찾고 싶어서일 수도 있고, 고단한 상황에서 벗어나고 싶어서

일 수도 있다. 그도 아니면 그냥 모험을 걸어보고 싶을 수도 있다. 잘만 하면 최고의 선택이 될 수 있다.

어울리지 않는다?

자신의 한계를 허물어라

살다보면 불편한 일을 해달라는 요청도 받게 된다. 대중을 상대로 말하기가 좋은 예다. 많은 사람들이 겁을 먹는, 그러나 자주 일어나는 일이다. 자리에서 일어나 회의를 소개해야 할 수도, 고객을 상대로 발표를 해야 할 수도 있다. 수많은 투자자 앞에서 무엇을 하려 하고 그게 왜 가치 있는 일인지 설득해야 할 수도 있다.

나는 항상 강연에 자신이 있었기에 그건 어렵지 않다. 영양학에 관해 말하자면 계속 공부하고 5년마다 한 시간에 일흔다섯 문제를 풀어야 하는 시험을 쳐서 면허를 유지하고 매일같이 새로운 연구 결과를 숙독하기 때문에 나의 영양학 지식에 대해 굉장히 편안하다.

카탈로그, 항공사, 호텔, 치아, 머리, 화장을 망라하는 광고 모델로서 모델업계에서도 역시 굉장히 편안하다.

이제 불편한 상황을 말해보자.

앞에서 말했듯이, 낯선 도시로 이주했을 때 모르는 사람으로 가득한 방에 들어가기가 늘 불편하다.

예순 이후에 모델 일을 하면서 겪은 불편한 상황들이 있다. 두 번의 누드 촬영이었다. 『타임』지에 누드로 나와달라는 요청을 받았을 때 "안 돼요, 누드는 안 합니다" 하고 거절했다.

그래도 계속 촬영하자고 설득을 해왔다. 킴벌과 토스카에게 전화를 걸어 이런 기회가 생겼다고 이야기를 전했다.

토스카가 말했다. "당연히 나체는 안 되죠."

킴벌이 말했다. "엄마, 다른 데도 아니고 『타임』이잖아요. 뭐, 괜찮을 거예요."

킴벌 말이 옳았다. 정말로 괜찮았다.

누군가 편안한 범주를 벗어나는 일을 요청하면 거절해도 괜찮다. 나는 50년간 누드 촬영을 거절해왔다. 그러나 『타임』지는 한번 시도해봐도 좋을 안전한 장 같았다. 유명한 사진작가답게 아름다운 작품이 나왔다. 그러니 잘한 선택이었다.

준비 과정이 과연 얼마나 편안할지 확신할 수 없었다. 머리, 화장, 손발톱을 자연스럽게 연출할 수 있게 도와주는 여자 둘과 같은 방에서 대기했다. 아무렇지 않았다.

사진에 어떻게 나올지 볼 수 있도록 앞에 거울이 놓였고, 바닥에 앉았다.

사진작가가 들어왔다. 남자였는데 사진을 찍은 다음 나갔다. 그 점도 좋았다.

품위 있게 처리된 아름다운 사진들이었다. 그런데 이 사진은 결국 『타임』지의 표지 대신 건강 섹션 표지로 사용됐다.

에이전트는 불만이었다. 그녀 말에 따르면 사진작가도 마찬가지였다. 본래 합의 내용과 달랐기 때문이다.

나로 말하면 내 누드사진이 잡지 표지에 실려 전국 가판대마다 진열되지 않아도 돼서 그다지 속상하지 않았다. 그러니 그 또한 괜찮았다.

『뉴욕 매거진』에서 뉴저지의 에이전트에게 연락을 해왔다. 나의 누드사진을 싣고 싶은데, 단, 데미 무어의 포즈를 원한다고 했다. 그러니까 임신한 모습이어야 했다.

함께 살던 토스카에게 말했다. "정말 어이가 없네…… 글쎄 나더러 데미 무어 포즈를 하라는구나."

이번에는 토스카의 의견이 전과 달랐다. "해요."

"그걸 내가 왜 하니?"

"상징적이니까요!"

하고 싶지 않았지만 아이 때문에 생각을 바꿔먹었다.

잡지사측에서는 날카로운 조명에 자연스러운 화장을 원했다. 내가 일흔 살처럼 보여야 해서였다. 예순두 살 내 나이보다 훨씬 늙어 보이기를 원했던 것인데, 상관없었다. 종종 해본 경험이었다.

누드 속옷과 유두 가리개를 착용했는데도 발가벗은 느낌

이었다.

그 주에 출산이 예정된 한 임산부가 촬영장에 왔다. 배 아래쪽에 문신이 있다는 걸 까먹어 포토샵으로 지워야 했다. 그렇게 우리 둘을 촬영한 다음 포토샵으로 그녀의 배를 내 몸에 얹어 내가 임신한 것처럼 만들었다.

사진은 전 세계의 텔레비전 프로그램과 신문 지면에 쫙 깔렸다. 함께 나간 표제는 '너무 늙은 것일까? 50세 이후의 출산—육아의 최후 전선'이었다.

재미있게도 그로부터 몇 달 뒤 촬영장에서 임신체중이 빠져 다행이라는 얘길 들었다. 임신한 게 아니었다고, 나는 예순두 살이라고 해명해주었다.

그러자 사람들이 물었다. "그래서 누드 촬영도 가뿐하게 하신 건가요?"

아니다. 굉장히 불편했고, 퍽 거북했다. 표가 나지 않았다면 그것은 내가 모델이고 프로여서였다. 누드 촬영을 한 건 두 곳 다 신뢰하는 잡지였기 때문이다. 이제 어떤 건지 알았으니 구태여 다시 해볼 필요는 없다.

안락한 범주에서 한 걸음 벗어나본 시도가 커다란 기회가 됐던 적이 무척 많다. 마사 그레이엄이 되어 촬영했던 것도 내게는 몹시 낯선 경험이었다. 춤을 잘 못 춰서 비디오를 보며 따라 했다. 발레단의 주역 무용수와 함께 찍은 사진들도 있었는데 그가 말하길 그냥 자기 품으로 확 안기면 된다고 했다. 그렇게 해보았는데 정말 기분이 좋았다. 무척 힘이 센 남자였고, 사진도 멋지게 잘 나왔다. 나도 마치 전문 무용수처럼 보였다. 문제는 그후부터 촬영을 할 때마다 다들 나더러 춤을 춰달라고 했다는 사실이다.

커버걸 광고를 찍을 때는 하이힐을 신고 지붕 위에서 춤을 추라고 했다. 춤을 못 춘다고 하자 마사 그레이엄 화보 때문인지 믿기 어려워했다. 안무가를 고용해달라고 요청했더니 그렇게 해주었다. 카메라 뒤에서 춤을 추는 그녀를 그대로 따라 했다. 그후로 춤추는 모습을 촬영하는 일이 많아졌다. 짐작도 못했던 일이다.

『하이프비스트Hypebeast』 특집기사를 촬영할 때는 힙합풍 거리 패션을 입고 밀레니얼이라는 또다른 세대를 대상으로 할머니도 스마트한 차림으로 캐주얼 의상 광고모델을 할 수 있음을 보여주었다. 텔레비전 시리즈 〈엠파이어〉 주인공들이 어떤 옷차림이었는지 머릿속에 떠올려봐야 했다. 평소에 좀 더 주의깊게 봤더라면 더 좋았을 것이다. 그래도 반응은 좋았다. 재미있는 경험이었을 뿐 아니라 나에게 새로운 패션 분야의 기회를 열어주었다. 덤으로 패션에는 나이 제한이 없다는 것도 입증할 수 있었다.

내가 배운 거라면 특정 스타일이 불편하더라도 한번 입어 보자는 것이다. 그리고 반복하건대 나이 따위에 기죽지 말자.

인스타그램의 새 스타
새로운 기술은 나이와 상관없이 배울 수 있다

나는 기술을 고맙게 생각한다. 속 터지고 짜증날 때도 있지만 나뿐 아니라 우리 가족 모두에게 감사한 존재였다. 우리는 우리의 일, 생활, 세상을 개선할 수 있는 거라면 항상 기꺼이 포용하는데 기술도 여기에 속한다.

내가 어렸을 때에 비하면 기술은 너무나 변했다. 여덟 살 때 아버지 사무실에서 쓴 타자기는 무겁고 요란했으며 리본이라는 것을 수동으로 교체해줘야 했다. 타자기는 차차 나아졌지만 결국 30대가 되면서 워드프로세서를 샀다. 정말로 경이로웠다. 수정까지 할 수 있었는데 저장은 안 됐다. 인쇄를 한 다음 타자를 다시 쳐야 했다. 말하자면 원조 '오려붙이기'였던 셈이다. 오려낸 종잇조각들을 바닥에 늘어놓고 일정한 순서로 붙이는 것이다. 그런 다음에 타자를 다시 쳤다. 첫 논문은 타자를 열네 번이나 다시 쳐 완성했다. 첫 석사학위를 4년 만에 땄다. 두번째 석사학위는 15개월밖에 걸리지 않았다. 드디어 컴퓨터가 생겼기 때문이다.

인터넷은 아직 없었고 나중에 샌프란시스코로 이주할 무렵에나 나왔다.

그즈음 아들들은 테크놀로지의 첨단을 달리고 있었다. 집2의 출시를 앞두고는 업그레이드 버전의 베타테스터를 나에게 시키기도 했다. 내가 따라가지 못하면 누구나 쓸 수 있게 프로그램을 조정했다. 아이들이 한창 인터넷 회사를 세우던 초창기에 출발지에서 목적지까지 운전 경로를 인쇄해봤다. 실제로 이용해봤더니 돌아오는 길을 알 수 없다는 문제점이 발견되었다. 가는 길에 일방통행로가 많아 오는 길에 쓸 수 없었던 것이다. 돌아오는 경로도 따로 필요했고, 이 기능이 추가되었다.

내 사업을 홍보하기 위해 아이들과 거래를 했다. 저희들 직원 대상으로 영양에 관해 강연을 해주면 웹사이트를 만들어주는 조건이었다. 딱 네 페이지짜리 사이트였다.

나는 웹사이트가 있는 최초의 영양사였을 것이다. 마케팅에 정말 유용했고, 인쇄물만 쓰던 중에 신선한 변화였다. 팸플릿에 의존할 때는 금세 낡은 정보가 돼버리곤 했는데 이제는 사람들에게 웹사이트를 방문해달라고 하면 됐고 거기서 보는 정보는 늘 바로 지금의 것이었다. 나는 1990년대 후반부터 웹사이트를 통해 영양사 사업을 홍보했다. 웹사이트 덕분에 강연과 미디어 출연, 대변인 일 같은 기회가 많이 들어왔다. 2010년경에는 수십 년의 모델 활동을 정리해 보여주는 모델 포트폴리오 웹사이트도 개설했다.

소셜미디어 또한 각각의 일에 큰 도움이 되었다. 주로 트위터를 통해 영양학 연구 정보와 그 밖의 소식을 공유해왔다. 이 활동을 통해 건강 관련 인터뷰와 강연 기회를 많이 얻었고 신나게 할 수 있었다. 피드백을 얻는 데도 무척 좋았다. 트위터에 연구 결과를 올리면 마음에 드는 것과 안 드는 것, 필요한 것과 그렇지 않은 것을 팔로워들이 재빨리 알려주었다. 따라서 사람들이 관심을 갖는 방향으로 나아가는 데 도움이 됐다. 정말 멋지다.

범상치 않은 백발 여인의 특집기사를 인스타그램에 올려놓고서 내가 경비를 대고 줄리아와 파리에 가보았다. 나 자신에게 투자해보자는 의도였다(누구든 가끔 그러는 것이 좋다). 우리는 파리 패션위크 동안에 예순일곱 살의 길거리 스타일을 구현해 선보였다. 정상급 패션쇼에는 초청받지 못했지만 파리 거리에서 여러 가지 다른 복장을 소화하며 모든 순간을 그야말로 인스타그래머블한 순간으로 만들어버렸다. 부상하는 디자이너의 옷을 입었고 인스타그램에서 만난 프랑스의 길거리 패션 사진작가와 협업했다.

이 투자는 효과가 있었다. 정상급 패션쇼에 참여하고 커버걸 광고모델이 되는 등 새로운 문이 착착 열렸다. 수년이 지난 지금까지도 화보 촬영 현장에 그 사진들이 참고용으로 진열돼 있을 때가 있다. 혹시 잘 풀리지 않았을 수도 있지만 그 자체로 나는 좋았다. 온갖 의상을 입어가면서 오래 알아오거나 새로 사귄 친구들과 깔깔거리며 촬영하는 일만도 한없이 즐거웠다. 소셜미디어 덕에 IMG 모델스와 계약을 맺었고 최고령 커버걸 모델로 발탁되었으며 오디션에 가지 않고도 모델 활동을 할 수 있다.

하이패션 세계와도 연결될 수 있었다. 내 페이스북 사진을 본 어느 디자이너가 로스앤젤레스에서 열린 자기 영화 시사회에 초대해주었다. 친구와 함께 갔는데 아는 얼굴이 한 사람도 없었다. 거기서 찍은 사진을 온라인에 올리자 그 디자이너가 이번에는 자신의 패션쇼에 참여해달라고 청해왔다. 나는 예순일곱 나이에 처음으로 뉴욕 패션위크의 고급 패션쇼 무대에 올랐다. 비록 머리는 세었지만 마치 신부처럼 흰색과 은색이 섞인 드레스를 입었다. 내가 나오자 관객들이 함성을 지르며 박수를 치더라고 객석의 친구들이 말해주었다. 나처럼 나이가 든 모델을 보자 너무 놀랍고 즐거웠던 것이다. 피날레 때에는 디자이너가 나와 다른 모델 하나를 양쪽에 세워주기도 했다. 감개무량했다.

페이스북과 인스타그램의 위력을 실감하고 뉴욕에 간다는 소식을 소셜미디어에 올리자 여러 사진작가들이 자기랑 시험촬영을 해보지 않겠냐며 연락해왔다. 전부 다 그러자고 했다. 어떤 사진이 잘 나올지 미리 알 수가 없으므로 다 시도해볼 필요가 있다. 끔찍한 사진도 나왔지만 더러는 아주 멋진 것도 나와서 역시 소셜미디어에 올리자 모델 청탁이 더 몰려들었다.

기술이 사람들을 갈라놓는다, 외롭게 한다고들 하는데 내가 보기에는 아니다. 오히려 새로운 친구들, 옛친구들, 그리고 잠재 고객과의 사이에 다리를 놓아준다. 방문한 도시에서 나를 보고 곧바로 친구 요청을 해오는 경우도 많다. 얼마나 먼 곳이건 전 세계의 가족, 친구들과 손쉽게 접속해 얼굴을 보며 대화할 수 있다는 건 생각해보면 정말로 믿기 힘든, 어처구니없을 정도로 굉장한 일이다. 나는 매일 밤 케이와 페이스타임 대화를 할 수 있다. 캘리포니아의 손주들은 뉴욕이나 콜로라도의 사촌들과 게임을 하며 즐기는 모양인데, 그렇게 친분을 유지할 수 있다는 것도 멋지다. 전보나 전화, 또는 6주 걸려야 도착하는 편지 같은 것들로 그토록 수많은 오해가 빚어졌다는 걸 떠올리면 현대 기술이 얼마나 근사한지 새삼 절감한다.

물론 어려울 수도 있다. 나날이 변화하는 기술을 새로 배우기란 고통스러운 일이다. 업데이트가 될 때마다 헷갈리기만 하다. 실수를 저지른다. 인스타그램이 뭔가를 업데이트했을 때 갑자기 올린 적도 없는 것 같은 영상 세 개가 떡하니 올라왔다. 내리느라 한밤중에 수선을 떨었다. 답답해 미칠 지경이 될 수도 있다. 인터넷에서 해결책을 검색해 활용해야 한다. 시간이 많이 걸려 짜증스러울 때도 있다. 그렇다고 내가 너무 늙은 것은 아니다. 손이 떨려서 미술이 힘들어지자 아흔넷의 연세에 컴퓨터를 배우신 어머니의 본보기를 따라볼까 한다. 나이는 무관하다. 재미있게도 나와 선택과목을 들었던 뉴욕대학교, 컬럼비아대학교 등의 영양학 인턴들은 내 기술 활용 능력이 자기들보다 훨씬 앞서 있다고 말해주기도 했다. 기술은 여러분의 사업, 건강은 물론이고 그냥 재미삼아 교류하는 데에도 수많은 기회를 제공해줄 수 있다. 새로운 기술을 배우는 데 너무 늦은 나이란 없다.

모든 싱글 여성에게 고함

사랑에 빠져 행복할 수도 있고,
그냥 혼자서 행복할 수도 있다

나는 조언을 많이 하지만 연애 관련 조언은 하지 않는다. 성공한 삶을 살았지만 사랑에 관한 한 아니었다. 연애는 많이 했고 꽤 맘에 든 남자들도 있었다. 하지만 평생 함께 살고픈 사람은 단 하나도 만나지 못했다. 나의 연애 조언은 '내 조언을 따르지 않는 것!'이라고 말해주기도 한다. 사랑에 관한 나의 조언이라면 사랑에 빠져 행복할 수도 있고 그냥 혼자서 행복할 수도 있다는 것이다. 꼭 맞는 사람을 찾지 못했다면 가족과 친구, 일에서 사랑을 찾아보자.

결혼이 행복의 열쇠라고 생각한다면 결혼한 친구들과 이야기를 나눠보라. 어렸을 때 나더러 혼자서는 절대로 행복해질 수 없다고 말한 이는 없었지만, 1960년대였고 스무 살이면 다들 결혼을 하던 시절이었다. 혼자 사는 사람은 없었다. 그 커플들 가운데 지금도 부부로 행복하게 사는 이들이 얼마나 될지 궁금해진다. 우리 부모님과 남자형제들, 그리고 쌍둥이 자매 케이의 경우처럼 좋은 인생의 동반자가 있다는 것은 멋진 일이다. 나는 40년 전인 서른한 살 이후로 결혼은 하지 않았다. 사람들은 내게 말했다. "전혀 예기치 못한 순간에 사랑을 찾게 될 거야." 나는 거의 평생을 예기치 않고 살았지만 사랑을 찾지 못했다. 노력이야 했으나 나 자신보다 내 삶을 더 좋게 만들어줄 수 있는 남자를 발견하지 못했다.

처음으로 데이트를 한 건 열세 살 때였다. 케이가 나와 함께 일하던 무용학교에서 남자친구를 사귀었는데 부모님이 혼자 나가서 만나지는 못하게 했기에 더블데이트를 해야 했다. 케이의 남자친구는 내 데이트 상대를 쉽게 찾아줄 수 있다고 했다. 하지만 나는 사귀고 싶을 만큼 흥미로운 청년을 별로 만나본 적이 없었다. 어쩌다 사귄 남자들마다 미친 듯 달려들다 뒤로 빠지고 다시 미친듯 달려들다 뒤로 빠지는 것이 도무지 이해되지 않았다. 그야말로 '밀당'의 연속이었다. 괴롭기 짝이 없었다.

열다섯 살에 모델 일을 시작한 나를 보며 남자아이들은 인기가 너무 많을 거라고 지레 짐작하고서 토요일 저녁 데이트 신청 같은 건 꿈도 꾸지 못했다. 대신 케이와 케이 남자친구가 흔쾌히 드라이브인 극장에 같이 데려가주곤 했다. 토요일 밤은 왠지 데이트를 해야 하는 중요한 날처럼 느껴져서 외출하지 않으면 기분이 가라앉았다. 결혼 후에는 바람을 피우고 나를 학대하는 남자를 남편으로 삼고 살았다. 그가 원하는 것이라면 다 하려고 애쓰면서도 불행하기만 했다. 그 결혼에서 벗어나고서 한편으론 고생도 했지만 삶 전반이 한결 나아졌다. 이혼을 하고 나서는 데이트를 어떻게 해야 할지 통 감이 안 잡혔다. 남자가 데이트를 신청해오면 일단 나가본 다음 짜증스럽거나 따분한 남자면 더는 만나지 않았다. 반대로 마음에 드는 남자는 나를 차거나 바람을 피웠는데 주로 바람을 피우는 쪽이었다. 그래서 어떤 인간인가 전력을 살펴보면 아내나 여자친구를 두고 바람을 피워온 인간들이었다. 상대가 나라고 해서 바뀔 리는 없었다. 30대 초반에 약혼을 했는데 그 남자도 바람을 피웠다.

또 내게는 아이 셋이 있었으므로 그 아이들을 좋아하는 남자여야 사귈 수 있었다. 남자들 대다수는 내 아이들에게 관심이 없었고 아이들이 옆에서 걸리적거리지 않기를 원했다. 그런가 하면 관계 유지를 위해 내게 타협을 요구하는 남자들도 있었고, 그러면 나는 또 거기에 응했다. 의류회사를 운영하던 남자는 내가 자기 회사의 면 니트 옷만 입어주길 바랐다. 다른 옷은 안 된다고 고집해서 그렇게 해주었다. 내가 너무 세련됐다고 불평하는 남자를 위해 청바지와 티셔츠를 입기 시작하기도 했다.

남자들은 전부 다 내가 달라지길 원했지만 나는 그들에게 같은 요구를 하지 않았다. 결국 어떤 형태가 됐건 관계를 맺을 거라면 타협할 필요가 없는 관계여야 한다는 사실을 깨달았다. 그래서 타협하지 않았다. 하지만 좋은 관계는 찾아오지 않았다. 세월이 흐를수록 속아넘어가는 일이 점차 드물어졌다. 위안거리를 찾자면, 배웠다는 점이다. 10대와 20대에 한심한 남자들이 꼬여들었던 나는 30대에도 마찬가지였다. 40대에 들어 멋진 남자를 몇몇 만났으나 여생을 함께하고 싶은 남자는 여전히 없었다.

뉴욕에서 살던 50대 초반에 인터넷 데이팅을 시도해보기로 결심했다. 데이트를 서른 번 해본 다음에도 사랑에 빠지지 않으면 그만두자는 심산이었다. 모델 일을 하면서 찍은 사진을 올렸더니 데이트 신청은 많이 들어왔다. 내 또래도 있었고 스무 살쯤 연상이거나 연하인 남자들도 있었다. 하나같이 사진과는 다른 모습이었다.

점심 또는 저녁 데이트란 세 시간 동안 남자의 불평이나 넋두리를 들어주는 일임을 금방 깨달았다. 그게 아니면 전처 험담이었다. 어느 화제도 그다지 흥미롭지 않았다. 내게 아이들이 있다는 것조차 그들은 몰랐다. 물어보지 않았으니까. 나에 관해 아무것도 물어보지 않았다.

나는 힘든 하루 끝에, 또는 강연이나 모델 일로 출장을 다녀온 나를 보고 기뻐하는 그런 남자를 원했다. 많은 걸 바라는 게 아닌 것 같았지만 사실은 많은 거였던 모양이다.

그 무렵 일론이 기르던 닥스훈트와 요크셔테리어가 강아지를 낳았다.

일론이 말했다. "강아지 드릴게요."

나는 소스라쳐서 토스카에게 하소연했다. "나는 뉴욕에 살아. 게다가 이제야 평생 처음으로 혼자 살고. 나 자신만 책임지면 되는 거야. 내게 자식이 있다는 것도 사람들은 잘 몰라. 아주 신세가 폈지. 그런데 일론이 나에게 강아지를 떠맡기려 들지 뭐니." 그래서 어떻게 됐냐고? 데이트를 그만두었다.

남자를 만나러 나가면 다들 오만하고 짜증스러웠다. 기나긴 불평을 더는 감당할 수 없었다. 그래서 커피를 마시는 자리로 대체했다. 30분쯤 지나서 "강아지 산책을 시켜야 해서요" 하고 자리를 떴다. 훌륭한 핑계였다.

집에 들어가면 강아지가 나를 미친듯이 좋아했다. 아무 쓸모도 없는 데이트 게임을 그리하여 기쁜 마음으로 그만둘 수 있었다.

사랑에 빠지고 싶으면 데이트를 하라. 나가서 데이트 상대가 될 만한 지인들이 있는 친구를 만나야 한다. 아니면 온라인 데이팅을 시도해봐도 좋다(하지만 반드시 커피숍 같은 공공장소에서 만나고, 그렇게 커피를 놓고 몇 차례 만나기 전까지는 본인 정보를 알려줘선 안 된다). 데이트는 어렵다. 관계란 복잡하다. 그렇다고 겁먹을 건 없다. 내가 경험해본 어떤 관계보다 강아지와의 생활이 훨씬 더 행복하다. 하지만 나야 일흔한 살이니까, 여러분은 벌써부터 그 길로 갈 건 없다. 아직 시도해볼 수 있다. 하지만 무엇이 자신을 행복하게 해주는지 찾아서 그것을 해야 한다. 사랑하지는 않으나 가까운 친구처럼 함께 있는 게 좋은 사람이 있다면 그걸로 충분할 수도 있다. 그 사람과 함께 있는 게 혼자 있는 것보다 행복하다면 그것도 좋다. 하지만 그 사람과 있는 게 비참하다면 빠져나와라. 함께해서 즐겁지 않은 사람에 묶여 있을 필요는 하나도 없다.

세상은 연애를 갖고 지나치게 법석을 떤다. 우정은 안 되나? 내게는 일곱 살에 만난 친구들이 있으며, 줄리아와 만난 건 40대였다. 올해 새로 사귄 친구들도 있다.

줄리아를 만났을 무렵, 우리는 둘 다 힘든 시기를 보내며 돌파구를 찾는 중이었다. 그 와중에 경쟁하는 마음은 조금도 없었다. 그저 서로가 성공하기를 바랐다. 그것이 우리가 평생의 친구가 된 비결이다.

성공적인 우정의 요소 하나는 얼마나 길게 지속되는가이고 다른 하나는 얼마나 서로의 삶을 풍성하게 해주었는가이다. 나를 폄훼하고 좋은 친구가 아니라며 비방하는 친구가 있다면 그런 이들을 친구로 유지하며 조언을 구할 이유가 없다.

줄리아는 우리가 항상 서로에게 최고의 응원단이었다고 하는데 나도 전적으로 동의한다. 우리는 또한 함께하는 시간을 즐기고 유머 감각도 비슷하며 시간을 잘 지키고 열심히 일하기를 좋아한다. 항상 연락을 주고받고 자주 함께 여행을 간다. 밀라노, 파리, 도하, 부다페스트…… 떨어져 있을 때는 페이스타임으로 이야기를 나눈다. 자신을 있는 그대로 내보여도 되는 편안한 친구가 있다는 것은 위로가 되는 일이다.

스물한 살까지는 부모님과 형제들이랑, 그다음에는 아이들과 줄곧 살아온 나는 이제 혼자 사는 게 무척 좋다. 친구들이나 일을 통해서 저녁식사나 파티에 초대를 많이 받는다. 가족들과는 음식점이나 신차, 비영리단체, 영화, 혹은 로켓까지 새로운 것을 런칭할 때마다 자주 모인다. 손주들도 찾아와 자고 가는데 이불이며 베개로 아주 요새를 만들어놓고 간다.

연애를 하지 않아도 친구와 가족만으로 내 삶은 아주 충만하다. 강아지 델 레이와 집에서 함께하는 고즈넉한 밤도 즐겁기만 하다. 설령 그것이 토요일 밤이어도 괜찮다.

어머니는 이렇게 말씀하곤 하셨다. "혼자 있을 때보다 함께 있을 때 더 불행하다면 그 관계에서 벗어나라. 함께 있을 때가 그렇지 않을 때보다 더 행복하다면 그 관계에 머물러라."

기쁜 마음으로 전하건대, 델 레이와 나의 관계는 단연코 최고다.

PART 5 — HEALTH — 건강

건강한 식사로 행복 찾기

식단을 계획하자

언젠가 인터뷰에서 만난 젊은 여기자가 나의 활력에 연신 감탄했다. "정말 활기차시네요! 아주 에너지가 넘쳐요!" 맞는 말이었다.

회의에 가고 패션쇼에 오르고 각종 강연과 모델 활동을 하려 전 세계를 누비려면 에너지가 넘쳐야 한다. 강아지 산책을 시키고 학교를 파한 손주들을 데려와 몇 시간 또는 며칠을 돌봐주려면 에너지가 넘쳐야 한다. 에너지는 내 정신을 맑게 유지해주고 기분을 띄워준다.

90킬로그램이 넘게 살이 쪘던 때에는 건강식 관련 강연이나 고객 상담을 할 때 유전에 당했다고 말하곤 했다. 실제로 우리 가족은 모두 과체중이었다. 농담조로 그렇게 흘린 뒤 상대방에게 나처럼 먹지 말고 건강한 식사를 하라고 권했다. 통제력을 잃어서 자신감도 없었다. 나는 먹는 게 정말 좋았다. 닭튀김, 감자튀김, 햄버거, 아이스크림, 초콜릿, 뭐든 닥치는 대로 양껏 먹었다. 그러고 나면 과식의 피로감에 한없이 나른해졌다. 체내의 모든 에너지가 음식을 소화하는 데 집중돼 다른 쪽에 쓸 것이 없어서 일어나는 현상이다. 건강한 식사를 하면 에너지가 넘친다. 그 사실에 고객들은 늘 놀란다. 식습관을 바꾸니 있는 줄도 몰랐던 에너지가 샘솟았기 때문이다.

중요한 것은 희망을 갖고 우리 앞의 나날에 열광하는 것이다. 건강하게 나이들어야 하지 않겠는가. 당뇨, 알츠하이머, 심장병 등 노인성 질환 대부분은 영양과 관련있다. 건강한 식사야말로 건강한 노년으로 향하는 지름길이다. 몸을 움직이는 능력에도 영향을 준다. 당장은 걱정할 필요가 없는 나이일지 모르나 가족 중 거동을 제대로 못 하는 이들이 얼마나 고생하는지 한번 생각해보라. 건강한 식사를 하면 각종 건강 문제에 노출될 위험 또한 줄어든다.

몸과 정신을 건강하게 유지하기 위한 가장 훌륭한 식이요법으로는 고혈압에 좋은 대시DASH 식단, 지중해식 식단, 그리고 유연한 채식주의라 할 수 있는 플렉시테리언flexitarian 식단 등이 있다. 모두 사전 준비가 필요한 식단이다.

현재 식단을 꼼꼼하게 기록하는 데서 시작해야 한다. 고객과 상담할 때 이런 식으로 일상의 식습관을 소상하게 파악하곤 했다. 몇시에 일어났고 식사와 간식으로 뭘 먹었는지, 언제 뭘 골라 먹었는지, 몇시에 어떤 활동을 했는지. 이런 정보를 통해 고객이 무엇을 먹고 산다고 생각하는지 비교적 정확하게 알 수 있었다. 다음 질문은 알코올이다. 어떤 종류를, 얼마나 자주, 얼마나 많이 마시는지. 통상 권장량은 여성은 하루 한 잔, 남성은 두 잔이다. 연구 결과에 따르면 이 정도 양은 건강에 좋다. 그렇다고 안 하던 음주를 굳이 시작할 필요는 없다. 내가 권해준 음주량을 따르고서부터 체중이 많이 빠진 고객들이 있었다. 자신의 판단보다 술을 많이 마시고 있었다는 뜻이다. 지독한 숙취를 호소하던 이들을 보면 그러고도 왜 또 과음을 하는 걸까 궁금해지곤 했다. 술을 많이 안 하는 나로서는 이해할 수 없는 문제였다.

알코올은 우리의 자제력을 무너뜨린다. 나만 해도 그런다. 럼 앤드 다이어트콜라를 가장 좋아하는데 그걸 마시면 어떤 음식이든 자꾸 손이 간다. 샐러드가 가까이 있을 리 없고 대개는 감자칩, 감자튀김, 견과류 따위인데 엄청난 양을 먹을 수 있다. 식단 목표가 그렇게 멀어지는 것이다. 술이 들어가기만 하면 자제력이 흐려지는 것 같은가? 그 자체가 음주를 줄여야 할 명백한 이유다.

커피나 차를 마시는지, 마신다면 몇 잔인지, 우유(요즘 같으면 식물성 크림)나 설탕이나 감미료를 넣어 마시는지도 물었다. 커피와 차는 하루 석 잔, 다이어트 탄산음료도 하루 세 캔 이상은 마시지 않도록 권장했다. 내 경우 보통 하루에 커피 두 잔, 차 한 잔, 그리고 다이어트 탄산음료 한 캔을 마신다.

우유와 감미료가 첨가된 커피를 주문하는 나를 보고 기겁

하는 이들이 있다. 유행하는 식이요법들에 따르면 모두 피해야 할 식품이기 때문인데, 그건 순 엉터리다. 과학과 상식을 따르자. 커피도 다시 즐겨도 된다. 나는 우유와 감미료가 들어간 홍차를 좋아한다. 산화방지제가 더 많이 함유된 녹차가 몸에 훨씬 좋다고들 하지만 내 입맛에는 안 맞는다. 좋아하지 않는 음료를 건강에 좋다고 억지로 마실 필요도 없다. 체중 감량이나 숙면에 좋다는 차도 있다. 하지만 조심해야 한다. 효과가 있어 보인다면 그렇게 살이 빠지거나 잠이 잘 오게 하는 다른 성분이 포함되어 있다는 뜻이기 때문이다.

과식의 원인은 공복감 외에도 많다. 불안, 스트레스, 피로, 권태, 우울, 외로움, 행복을 느낄 때 또는 사람들과 만날 때 더 많이 먹게 되는지 고객들에게 물어보았다. 전부 해당된다는 응답자도 있었고 일부만 해당된다는 응답자도 있었다. 배가 고픈 것 말고 먹어야 할 합당한 이유는 없으므로 나는 고객들과 함께 음식을 섭취하는 다른 이유에 관해 깊이 파고들어보았다. 원인을 바꾸지 않는 한 식습관도 바꿀 수 없기 때문이다.

불안할 때 과식한다면 불안의 원인은 무엇인지, 해결할 수 있는지, 일어날 수도 일어나지 않을 수도 있는 무언가를 두려워하고 있는지 알아봐야 한다. 우리는 결코 일어나지 않는 일을 두려워할 때가 있다. 물론 때로 예상치도 못했던 끔찍한 일이 일어나지만 그것을 불안해하지는 않는다.

일로 인한 스트레스 때문에 자꾸 먹는다면 이 상황을 바꿀 방법을 찾아내야 한다. 일은 좋은데 동료들이 싫다면 어떻게 그 상황을 바꿀 수 있을지, 말을 걸어봐야 옳은지 부서 변경을 신청해야 하는지, 아예 직장을 바꾸는 게 답인지 생각해보도록 한다. 일터가 행복해야 한다. 행복해야 건강한 식사도 쉬워진다. 그렇지 않으면 회사 주방의 쿠키나 머핀 같은 이른바 '위로가 되는 음식'에 손이 간다. 최대한 건강한 식사를 하면서 주변의 각종 유혹을 제거하고 책상과 냉장고에 건강한 음식만 두는 것도 한 방법이다.

살을 안 빼면 떠나겠다고 위협하는 애인 때문이라든지 인간관계 때문에 먹게 된다면 결정을 내려야만 한다. 사실 진짜 문제는 따로 있을 수 있다. 내 경우가 바로 그랬다. 남자친구의 원대로 내 사상 최저 체중까지 살을 뺐지만 그는 여전히 바람을 피우면서 불평을 늘어놓았다. 내 과체중이 문제가 아니었던 것이다. 핑계였을 뿐이다. 남의 비위를 맞추기 위해서가 아니라 스스로 행복하기 위해 건강한 식사를 해야 한다.

피곤할 때 과식하거나 아무렇게나 먹는다면 항상 좋은 음식만 주변에 둬야 한다. 아기 셋을 기르는 엄마였을 때 나는 정말 숨 돌릴 틈도 없었고 밤잠도 제대로 못 잤다. 유혹에 넘어가지 않으려고 건강한 음식만 주변에 두었다. 그건 지금도 마찬가지다.

우울해서 먹게 된다면 왜 우울한지 알아내고 문제를 해결해야 한다. 우울증에 대처하면서 더 나은 식생활을 꾸리려 노력을 기울이자 고객들은 더욱 긍정적이고 자신 있는 삶을 살기 시작했다. 꼭 끼던 옷이 다시 잘 맞는다고 했고 즐거운 이야기를 들려주기도 했다. 외로움과 권태감을 느끼던 고객들도 그랬다.

고객 가운데는 단순히 행복한 먹보들도 있었다. 행복한 먹보들은 그냥 먹는 게 좋다. 특히 고지방, 고염분, 고당분 음식을 좋아한다. 식탁에 음식이 많을수록 좋다. 비만인 사람에게 파스타 한 접시를 보여주면 대부분을 행복하게 먹는데, 서로 다른 종류의 파스타 네 접시를 보여주면 더 신이 나서 더 먹는다는 연구 결과가 있다. 이해할 만한 것이 그냥 파스타 한 접시면 맛에 물리기 쉽다. 또한 우리는 접시에 담긴 음식은 다 먹으려고 드는 편인데 네 접시라면 다 먹기는 어렵겠지만 그래도 노력은 할 것이다. 이렇게 과식을 하면 할 때는 즐겁지만 이튿날 아침에는 기분이 곤두박질친다. 먹는 순간이 아무리 즐겁더라도 자제력을 발휘해야 한다. 사람들과 만나 와인이나 맥주를 두어 잔씩 즐기며 샐러드일 리 없는 안주를 닥치는 대로 집어먹기 좋아하는 사람이라면 크래커, 치즈, 감자칩, 땅콩, 감자튀김, 미니햄버거 같은 걸 과식하기 쉽다. 다 똑같이 마시고 먹는데 왜 저 사람은 살이 안 찌지? 마른 체질을 타고나서일 수도 있고 군것질을 많이 하지 않아서일 수도 있다. 술 마시는 자리에 나가면 나는 럼 앤드 다이어트콜라나 과일맛이 나는 마티니를 주문한 다음 야채와 튀기지 않은 새우 같은 비교적 건강한 전채만 골라 먹는다. 그러고 나서 저녁식사 자리는 아예 가지 않기도 한다. 술과 전채가 내게는 저녁식사였던 것이다. 워낙 열량이 높아 배가 부르고 식욕도 없다. 훈련과 자제력, 조심성과 끈기가 요구되는 일이다. 하지만 덕분에 그날 밤 컨디션이 좋다. 사람 만나는 자리에서 건강한 음식을 먹고 나면 몸 상태가 얼마나 좋은지 기억하고 떠올려보라.

건강한 식습관은 아침부터 시작한다. 나는 오트밀이나 섬유질이 많은 시리얼에 저지방우유와 바나나 몇 조각을 섞어 먹는 편이다. 간편하게 후딱 준비해 먹을 수 있는 것이어야 한다. 음식에 관한 창의성이 별로 없다면 본인에게 맞는 걸 찾아 매일 똑같이 먹어도 괜찮다.

오전중에 배가 고플 걸 알기에 과일과 요거트, 아니면 통밀빵과 땅콩버터를 미리 준비해둔다. 점심을 먹고 또 간식을 먹는다. 늦은 오후에는 배가 고프기 쉽다. 권태나 피로, 스트레스 때문이 아니라 정말 공복감이 맞는지 확인하자. 여섯 시간을 내리 아무것도 안 먹고 지나가지 말자. 그러면 몹시 배가 고플 것이다. 오후 식습관이 좋지 않은 사람이라면 특히 조심하자. 배가 고프기 전에 적당히 배를 채워줄 간식을 오후 3시 30분쯤 먹으면 저녁밥을 즐겁게 먹을 준비가 될 것이다.

나는 가벼운 저녁식사를 일찍 먹는 게 좋다. 되도록 저녁 7시에서 아침 7시까지는 아무것도 먹지 않는다. 배가 고파 잠이 안 오면 우유 한 잔이나 코티지치즈 반 컵을 먹어준다. 이렇게 너무 배가 고프지 않도록 하루종일 서너 시간 간격으로 뭔가를 너무 배가 부르지 않게 적은 양을 먹는다. 너무 주리면 기분이 저조하고 기운도 빠진다. 배가 조금 고픈 것, 그것이 바로 다음 끼니나 간식을 먹으라는 신호다.

건강식을 골라 소량으로 더 자주 먹고 배가 고파질 때까지 기다리는 것이야말로 건강한 식사 계획의 바탕이다.

나는 요리 실력이 별로라 주로 킴벌에게 식사 준비를 미룬다. 명절이 되면 일론과 나는 자리를 비켜주고 킴벌이 토스카의 도움을 받아 진수성찬을 준비한다. 그래도 집에서는 요리를 좋아하건 아니건 어쨌든 나 자신을 먹여 살려야 한다. 한 주간 먹고 남은 야채에 쌀과 밤새 불려놓은 말린 콩을 섞어 수프를 한 솥 끓인다. 일 인분씩 나누어 냉동실에 넣어두면 필요할 때마다 꺼내서 녹인 다음 다시 끓여서 간편히 먹을 수가 있다.

일흔번째 생일을 축하하는 자리에서 아이들이 내게서 우유를 부은 섬유질이 풍부한 시리얼, 다량의 과일, 야채, 땅콩버터 샌드위치, 콩수프를 얻어먹고 자랐다는 이야기를 농담 삼아 하던데, 나는 아직 그렇게 먹는다. 건강식이라고 복잡해야 하는 건 아니다.

비싸야 하는 것도 아니다. 우리는 대공황시대를 지낸 부모님 밑에서 검약하며 자랐다. 비싼 식사도 음식 낭비도 없었다. 나는 평생을 검소하게 먹었다. 지금은 안 그래도 되지만 여전히 검소하게 먹는다. 문제는 부자도 아닌 사람들이 면역력 증강, 해독, 활력 증대를 약속하는 값비싼 주스를 마셔야 하는 줄로 잘못 알고 있다는 점이다. 광고에 자주 나오는 식품 보충제도 꼭 먹어야 하는 줄 안다. 유기농 식품을 먹어야 한다고들 하는데 비싸서 못 먹거나 구입할 길을 찾기도 어렵다. 과일과 야채를 꾸준히 먹으라. 그냥 깨끗이 씻어 먹으면 된다.

사전 계획의 예를 들어보자. 땅콩버터 샌드위치와 바나나를 싸가고 카페라테를 주문한다. 달걀 샌드위치나 치즈 토마토 샌드위치도 회사 냉장고에 넣어두기 좋다. 계란 네 알을 삶아 나흘 동안 먹는다. 쿠키 대신 사과를 먹으면 식후 컨디션이 훨씬 좋다. 요거트도 손쉽게 먹을 수 있다. 바쁘면 우유 한 잔이라도 마시자. 조금만 노력하면 모두 가까이 있다. 처음에는 실수를 한다. 아침을 거르고 오전 10시에 도넛을 집어먹는 것이다. 괜찮다, 여러분의 탓이 아니다. 이걸 한번 더 하면 그때는 여러분 탓이다. 계획을 짜야 한다. 아침을 안 먹었다면 전날 저녁에 과식한 탓에 배가 고프지 않아서일 것이다. 너무 서두르느라 어쩔 수 없었다면 5분만 일찍 일어나보자. 나는 이메일을 읽으며 시리얼을 먹을 수 있다. 여러분도 마찬가지다.

나로서는 선택의 여지가 없다. 건강한 식생활을 계획하지 않으면 반대편 길은 건강하지 않은 쪽이고 필경 살이 찌게

돼 있다. 탄수화물을 많이 먹으면 두 시간 만에 배가 고프리란 걸 안다. 토스트에 계란을 넣어 먹으면 네 시간은 괜찮다. 지방과 단백질은 소화에 시간이 더 걸리므로 포만감이 오래간다. 하지만 탄수화물을 좋아하기 때문에 집에 있으면 두 시간에 한 번씩 꼭 먹게 된다. 여행중에는 오트밀을 주문해 객실에서 먹는다. 양이 늘 많다. 그래서 아침 8시에 반을 먹고 나머지 반은 10시에 먹은 다음 오후 12시 30분에 적당히 배가 찬 상태로 점심을 먹는다. 배가 주린 상태에서는 두뇌 회전이 잘 안 된다. 그런데 직장 매점 등 주변에서는 크루아상이나 감자칩 등 고지방 식품들이 유혹의 손길을 보낸다.

미리 계획하지 않으면 실패의 내리막길이다. 되돌리기가 더욱 어려워진다. 더 늦기 전에 당장 되돌려 건강식을 하지 않는 한 체중이 자꾸 불어난다. 저녁을 과식하면 1.5킬로그램이 늘고 바지가 꽉 조인다. 그걸 빼는 데 사흘이 소요된다. 다행히 해가 갈수록 빈도가 줄어들고는 있다.

집에서뿐만 아니라 여행할 때도 이 원칙을 따른다. 요즘은 일로 인한 출장이 잦다. 세 시간이든, 여드레든, 몇 주든 계획한 대로 먹어야 한다. 집이 아니라서 매일같이 식단을 계획할 수 없으면 일정이 어떨지 어떤 음식을 확보할 수 있을지 미리 생각해둔다. 그래도 잘 모르겠으면 바나나라도 가져간다. 그거면 한두 시간은 버틸 수 있으니까.

건강한 식생활을 하려면 집에서도 계획이 필요하다는 것을 배웠고 그렇게 실천하고 있다. 하지만 여행길에는 더욱 그렇다. 지난해에는 세계 여러 곳에서 열린 행사 몇 개에 참가했다. 6주에 걸쳐 로스앤젤레스에서 뉴욕으로 런던으로 다시 뉴욕으로 밀라노로 다시 런던으로 갔다가 마침내 로스앤젤레스에 돌아왔다. 가는 곳마다 모델 일이며 만나야 할 사람들, 방문해야 할 장소들, 그리고 세밀하게 짜인 일정이 있었다. 에너지가 많이 쓰이는 일이다.

첫째, 비상용으로 견과류와 말린 과일 같은 간식거리를 가방에 넣어 갖고 다닌다. 배가 고프면 뭐든 빨리 입안에 넣고 싶은 법인데 가까이 있는 것은 대부분 건강식이 아니기 때문이다. 아귀 같은 허기를 진정시키고 다음 끼니에 바른 선택을 하게 도와줄 간단한 주전부리면 된다.

둘째, 호텔에 미리 연락해 객실에서 군것질거리를 모두 치워달라고 청한다. 초콜릿의 유혹은 피하는 편이 좋다. 또한 내 음식으로 채울 수 있게 냉장고를 비워달라고도 한다. 그 지역 마켓에 가 우유와 시리얼, 과일과 견과류, 요거트를 산다. 좀더 든든한 간식이 필요할 것 같으면 통밀빵과 버터와

치즈, 토마토를 살 수도 있다.

셋째, 아침에 커피를 직접 끓이되 호텔 객실에 비치된 하프 앤드 하프 말고 질이 좋은 우유를 사서 넣어 마신다. 주린 배를 붙잡고 나가기는 싫으니 요거트나 우유로 배를 채워주면 나중에 좋은 선택을 할 수 있다. 팬케이크를 먹고 싶지만 그랬다가는 한 접시를 다 비울 것이 틀림없으므로 계획이 틀어지게 된다. 과거의 실수에서 배우고 미리 계획을 세우자.

저녁식사 약속으로 나가기 전에 간단히 간식을 먹어주면 식사가 나오기 전에 식전 빵부터 죄다 먹어치우는 불상사를 예방할 수 있다. 메인요리 대신에 야채수프와 통밀빵 정도만 주문하기도 한다. 절대로 서두르지 않는다. 머릿속에 모든 계획이 들어 있으니까.

내가 매일 정확히 무엇을 얼마나 먹는지 궁금하다는 팔로워들이 많다. 아래는 집에 있을 때의 하루 평균 섭취량이다.

아침

대형 용기에 2주간 먹기에 충분한 분량의 치리오스Cheerios나 브랜플레이크스Bran Flakes 또는 올브랜버즈All-Bran Buds 같은 내가 좋아하는 고섬유질 시리얼을 크랜베리, 건포도, 호두,

해바라기씨 같은 것과 잘 섞어서 보관해둔다. 이것 한 컵을 썬 바나나 반쪽, 저지방우유 한 잔과 함께 먹는다.

커피는 저지방우유와 인공감미료 한 포를 넣어 마신다.

간식

요거트 반 컵

사과 한 개

저지방우유와 인공감미료 한 포를 넣은 홍차 한 잔

점심

콩과 야채로 집에서 직접 만든 수프 한 컵

한 시간 후

통밀빵 두 쪽, 버터 두 작은술, 땅콩버터 한 큰술, 양상추

다이어트 탄산음료 한 캔

한 시간 후

오렌지 한 개

간식

저지방우유와 인공감미료 한 포를 넣은 카페라테

견과류 한 큰술

저녁 - 오후 6시

양상추 한 컵과 양파 한 쪽, 토마토 반 개, 병아리콩 4분의 1컵, 삶은 계란 한 개, 통조림 연어 60그램, 해바라기씨 한 큰술, 비네그레트 두 큰술을 넣은 샐러드

간식

저지방우유 한 잔이나 저지방 코티지치즈 반 컵

포도 열두 알

수프 조리법

밤새 불린 15 빈 수프15 Bean Soup 한 봉지를 90분간 끓인다. 조리를 끝내기 20분 전에 야생 쌀과 적당한 야채를 넣고 간을 맞춘다.

다시 음식을 즐겨도 좋다

마법의 알약 같은 건 없다

슈퍼푸드를 놓고 이런저런 말이 많다. 반대로 빵과 우유는 멀리하라고 한다. 단백질 부족이 두렵단다. 모두가 단백질 분말과 단백질 보충제, 고단백질 스낵바 같은 것을 찾는다. 왜냐고? 나도 모르겠다. 45년간 개인 사무실을 내고 일해온 영양사로서 단언컨대 단백질 부족에 빠지는 사람은 전혀 없다. 그런데 이런 상식에는 아무도 귀를 기울이지 않는다. 그 대신 마법의 알약을 원한다.

모델과 강연 일이 넘쳐 5년 전에 영양 상담을 그만둔 것이 다행이다 싶을 때가 많다. 유행 식이요법이 이성의 소리를 삼켜버렸기 때문이다. 나는 돈을 받고 과학과 상식을 따르라는 당연한 말을 전하고 있다. 정말이지 이제는 그럴 때도 되지 않았나.

가공식품, 고지방 식품, 술처럼 좋아하는 음식을 식단에서 빼버리는 유행 식이요법이 급격한 체중감량을 가져오는 것은 사실이다. 사람들은 건강한 식생활을 시도하다가 실패를 거듭한다. 유혹을 피하기란 어렵고 한 유형의 음식을 일제히 배제하는 것은 그나마 조금 쉽다. 예를 들어 탄수화물을 완전히 배제한다는 것은 피자, 감자칩, 감자튀김, 햄버거의 빵, 파스타, 디저트를 안 먹겠다는 것이다. 건강한 식사법보다 이게 더 쉽게 느껴지는 이유는 건강한 식사 역시 고열량 식품들을 제한하는 것임을 모르기 때문이다. 상담 고객 중 통밀빵을 먹고 살이 찐 사람은 하나도 없었다고 말하면 그제야 일리가 있다고 고개를 끄덕인다. 그러고도 통밀빵 대신 베이글과 크루아상에 손을 뻗는다. 이들은 고섬유질 식품을 안 먹는 사람들이므로 그것만 고쳐주면 된다. 섬유질이 풍부한 시리얼과 빵, 현미, 콩, 견과류, 과일, 야채를 찾아 먹자. 대다수가 콩을 잘 안 먹고 야채나 과일을 충분히 먹는 사람도 몹시 드물다. 상식인데도 따르지를 않는다. 간식으로 과일 대신 베이컨을 먹으라는 식이요법이 있으면 '음, 그건 아닐 것 같은데' 하는 생각이 들 테지만 상관없이 베이컨을 냠냠 먹는 것이다.

건강한 식단을 지키고 입맛에 맞는 음식들을 섬유질이 풍부하고 영양가 높은 음식으로 대체하되 가공식품과 고지방식품과 술을 적절히 피한다면 극단적인 방법을 쓰지 않고도 음식을 즐길 수가 있다. 모임이나 저녁식사 자리에서 동석자들에게 민폐를 끼치지 않아도 되는 것은 덤이다.

글루텐 프리 식이요법이 각광받는 중이다. 다시 말하지만 모두가 상식을 잊고 있다. 글루텐 프리 쿠키가 과일이나 통밀빵보다 건강에 좋다고들 한다. 아주 영악한 마케팅이다. 재미있는 건 보리수프를 좋아하냐고 물으면 대부분 그렇다고 한다. 글루텐이 들어 있는데도? 하고 다시 물으면 '그' 글루텐에는 알레르기가 없다고 한다. 이 대답을 들은 내 표정은 너무 뜨악해 아마 다들 피하고 싶을 것이다. 글루텐은 호밀에도 들어 있는데 웬일인지 그것도 괜찮은 모양이다.

가공식품에 글루텐 대신 우리 몸에 맞지 않을 수도 있는 다른 성분을 첨가하는 추세다. 혹시 소화 문제가 있다면 이게 원인일지 모른다. 게다가 글루텐 프리 식품들은 맛도 별로다.

글루텐 프리 운운하는 것이 매일 밤 피자 한 판 다 먹던 걸 끊으면 체중도 줄고 몸 상태도 최상이 될 거라고 주장하는 식이라면, 피자 한 판 대신 통밀 샌드위치를 먹어보는 게 낫지 않을까? 너무 극단으로 치달아 여러 사람을 짜증스럽게 하지는 말자. 사람들은 대부분 글루텐이 뭐고 어디에 들어 있는지 모른다. 누군가 "이제 글루텐 프리에다 고단백 식이요법을 실천하려고 해요" 하고 말하면 글루텐도 단백질이라고 가르쳐준다. 그것조차 몰랐던 이들은 내 조언을 달가워하지 않는다.

사람들은 희망을 원한다. 유행 식이요법은 희망을 주고 때로는 극단적인 제약과 열량 섭취 감소로 급격히 체중이 줄어들게 하기도 하므로 늘 인기가 있을 수밖에 없다.

영양학 학생 신분으로 라디오 인터뷰를 했던 경험이 떠오른다. 영양학과 교수와 학생 모두가 아프리칸스어만 했지 영어를 못해 나를 보낸 것이었다. 아직 졸업도 못했는데 자격미달은 아닐까도 싶었지만 필수영양소 주기율표와 신진대사 크렙스 회로쯤은 익히고 있었으므로 자신감을 갖고 갔다. 그런데 "감자는 살이 찌는 음식인가요?" 같은 질문만 잔뜩 받고 나니 사람들은 무슨 생리학이나 생물학이 아니라 그냥 기초를 알고 싶은 거구나, 하고 깨달았다.

대중이 유행 식이요법을 믿는 이유를 연구자들은 이해하지 못한다. 35년 전 강연에 초청받은 요하네스버그 비트바테르스란트대학의 여든 살 되신 저명한 학자와 그 부인을 학회장까지 모셔다드린 적이 있다. 내가 같이 간 이유는, 영양과 최근 연구에 관한 그분의 훌륭한 강연 끝에는 '앳킨스 식이요법은 어떻게 생각하십니까?' 같은 질문이 나오곤 했는데 그분은 그게 뭔지 모르셨기 때문이다. 나는 그런 질문에 답변을 하고, 어느 베스트셀러 책에서 동물성 지방 섭취를 늘리고 탄수화물 섭취를 줄이는 식이요법을 권장한다고 따로 귀띔해드렸다. 연구 결과에 따르면 그건 건강한 식이요법이 될 수 없었으므로 이분은 어리둥절해했다. 유행 식이요법은 오랫동안 존재해왔으나 생활방식을 바꿔주지 못한다. 계속하기 어렵다. 글루텐 프리 식이요법대로라면 피자나 쿠키 같은 것을 못 먹으므로 꾸준히 할 수만 있다면 지속적인 체중감량 효과를 본다. 그러나 좋아하는 음식을 먹고 저렴하면서 맛도 좋은 균형잡힌 식단을 선택할 수 있어야 한다. 유행 식이요법도 사실 건강과 영양에 좋은 식생활만큼이나 치밀한 계획을 요한다.

런던에서 굉장히 똑똑하고 잘나가는 여성 둘과 점심을 먹던 중에 그들이 아는 멋진 영양사들에게로 화제가 옮겨갔다.

"매달 우리 피를 뽑아요." 두 사람이 말했다.

"왜요?" 내가 물었다.

"뭐, 우리 호르몬이 엉망진창이니까요."

"그다음에 그들한테서 약을 사먹어야 하고요?"

"네, 맞아요, 약을 사야 해요."

"한 달에 몇 천 달러나 들던가요?"

"음, 검사에 4천 달러가 들고 그다음에는 매달 2~3천 달러쯤 돼요."

"그런 건 다 그만두세요."

"어머, 안 돼요. 그랬다간 금방 살이 찔 거예요. 정말 그녀는 내게 구세주예요."

"그녀를 만나기 전에 형편없는 식사를 했던 건가요? 식단을 어떻게 바꿨죠?"

"치즈를 많이 먹었어요. 그래서 치즈를 뺐더니 살이 빠졌고요."

"치즈를 뺀 것 말고 다른 게 필요없었던 거로군요, 그러면."

그들은 내 논리가 불편했던지 내 말을 건성으로 들었다. 그러고서 아무 자격도 없는 영양사들을 굳게 믿는다.

한 병에 40달러나 하는 주스에 많은 돈을 쓰는 이들도 있다. 어이없는 일이다. 주스가 그렇게 좋으면 직접 만들어 야채와 과일에 함유된 섬유질을 모조리 섭취하면 된다. 포장에 적힌 각각의 성분이 적정량 함유되어 있다고 연구 결과가 확인된 강화 시리얼이나 강화 음료 등에서 여분의 영양소도 얻을 수 있다.

건강한 식생활에 복잡한 비결 따위는 없다는 게 내 의견이다. 그냥 과학과 상식을 따라가자. 특정 식품을 먹어도 되는지 안 되는지 알고 싶으면 대학교 웹사이트나 영양사들이 쓴 기사처럼 믿을 만한 정보를 인터넷에서 검색하자. 영양학 교육은 거의 또는 전혀 받지 않았으면서 베스트셀러 책을 낸 의사들이나 뭔지 모르겠지만 이른바 전인적holistic 식품영양사, 피트니스 트레이너, 또는 주스나 분말이나 알약을 팔려고 하는 사람들의 기사는 찾지도 말자. 영양사들은 단지 건강을 팔고 싶을 뿐이며 이들을 찾는 편이 돈도 훨씬 덜 든다. 그들은 우리에게 건강한 식생활을 하고 식습관을 관리할 수 있다는 자신감을 준다. 사람들은 등록임상식품영양사RDN, registered dietitian-nutritionist와 등록임상영양사RD, registered dietitian 그리고 식품영양사nutritionist 간의 차이를 잘 모른다. 앞의 둘은 대학을 나오고 병원에서 인턴을 한 영양학 전문가로, 사실과 허구를 구별하고 식단을 짜고 영양의 과학을 건강한 식단 선택으로 실천하게 할 능력이 있는 사람들이다. 당뇨, 암, 고혈압, 심장병 같은 다양한 질병의 예방과 치료에서 식이요법이 얼마나 중요한지 이해하는 이들이므로 그들의 조언은 우리 삶의 질을 향상시켜줄 수 있다.

반대로 식품영양사는 어떤 자격요건도 필요하지 않으며 연구에 기초하지 않은 신념을 갖고 있을 수 있다. 보통 뭔가를 팔고 이쪽으로 가면 돈도 더 많이 든다. 여기에 현혹돼선 안 된다. 누군가에게 수표를 써보내기 전에 자격 및 경력 내역을 살펴보자. 이름 뒤에 RD나 RDN이란 글자가 있는지가 가장 쉬운 열쇠다. 설사 의학박사MD 학위가 있다고 해도 프로그램에 등록하기 전에 그들이 뭘 팔려고 하는지 생각해보자. 정상적인 음식 섭취에 겁을 준다거나 효능이 입증된 바가 없는 보충제, 분말, 기타 제품을 통한 치유나 기적을 약속하는 사람은 우리의 건강이 아니라 자신의 지갑 부풀리기에 관심이 있다고 보면 되고, 그들이 약속하는 치유는 건강 문제라기보다는 우리 마음속의 불안감 달래기에 더 가깝다.

트렌드는 잊어라. 건강해지기 위해 케일을 먹지 않아도 된다. 먹어도 되지만 안 먹어도 된다. 나는 미각이 예민하다. 그래서 케일을 비롯해 어떤 음식은 쓴맛이 너무 강해 먹지 못한다. 좋아하지 않으니 먹지 않는다. 좋아하는 다른 야채를 먹는다.

케일을 안 먹는다고 하면 실망하는 이들이 반드시 있다. 케일이 건강의 비결은 아니라고 말하겠다. 건강의 '비결'은 좀더 많은 과일과 야채와 통곡물과 콩류와 유제품, 그리고 좋아하는 음식을 배고플 때 소량씩 먹는 데 있다.

스트레스에 시달리거나 지쳐 있거나 너무 바빠 신경을 쓸 수 없을 때조차 유지할 수 있는, 지속적으로 이행할 수 있는 식단이야말로 최고의 식단이다.

약은 필요하지 않다. 계획이 필요할 따름이다.

초콜릿은 손님의 손에 쥐여보내자

유혹을 가까이 두지 않기

혼란과 유혹은 잘못된 식품 선택으로 향하는 길이다. 유혹에 대해 말하자면 미리 계획하지 않으면 감자칩이나 초콜릿과 같이 지방이나 당분이 높은 음식이 가까이 있기가 쉽다. 그런 것들은 한번 먹었다 하면 멈춰지지 않는다. 말하자면 증상 유발 식품이다. 저항할 수도 없고 그만 먹을 수도 없으며 배가 불러도 자꾸 먹는다. 감자튀김과 초콜릿에 한해서라면 내 뱃속에는 항상 여분의 공간이 있다. 아무리 배가 불러도 상관없다.

영양사로 일할 때 어떤 고객이 오든 내가 첫번째로 설정한 목표는 요거트와 과일 한 쪽, 또는 빵 한 쪽과 땅콩버터처럼 건강에 좋은 간식거리를 가까이 두는 것이었다. "사과를 세 개 드시고 나서 쿠키를 하나 드세요"라고 말하곤 했다. 사과를 한 개만 먹고 나면 배가 불렀으므로 쿠키까지는 가는 일이 없었다. 괜찮은 전략이다. 과일과 야채를 과식해서 체중이 늘기도 했지만 정크푸드를 먹어댔을 때와는 비교조차 안 됐다.

생일을 축하하는 저녁 모임 자리에서였다. 맛있고 푸짐한 식사가 끝나고 웨이터가 디저트를 가져오자 나는 주저하지 않고 맘껏 먹었다.

옆자리에 앉은 키가 190센티미터쯤 돼 보이는 남자가 얼마 후에 말했다. “나보다도 많이 드시네요.”

항상 이렇게 먹는 것은 아니고 정말로 먹어줄 만했다고 내가 답했다. 정말 맛있는 디저트였다. 입안의 세포 하나하나가 행복을 구가했다. 체중이 1.5킬로그램 늘었다. 이튿날 평소의 건강 식단으로 돌아갔지만 늘어난 1.5킬로그램을 빼기까지는 일주일이 걸렸다. 20대 시절에는 이틀이면 뺐던 체중이 70대인 이제는 일주일이 걸리는 것이다. 그래도 그럴 만한 때가 이따금은 있는 법이다.

서글픈 감정이나 스트레스 때문이기보다는 맛이 좋아서 양껏 먹는 쪽이 좋다. 맛있지도 않은 디저트에 한정된 섭취 열량을 허비하는 건 어리석은 일임을 나도 한참 만에 배웠다.

좀 까다롭게 굴어도 괜찮다. 어느 회의장에 가보니 다양한 종류의 쿠키가 잔뜩 놓여 있었다. 저항하고 싶지 않아서 가장 탐스러운 놈으로 하나 골랐다. 초콜릿과 견과류가 박힌 것이었는데 한입 깨물어보니 아무 맛도 없었다. 괜히 먹어줄 필요도 없이 실망스러운 쿠키여서 접시에 내려놓고 더는 손도 대지 않았다.

먹어보니 맛이 없거든 그냥 남기자.

사람들은 웃는 낯으로 초콜릿이며 간식거리를 가져오지만

나는 기겁을 한다. 하나도 남김없이 다 먹어치울 게 분명하므로 절대 가져오면 안 된다고 한다. 매일 한 개씩만 먹으면 괜찮다고 하지만 나는 그게 안 된다. 도로 가져가게 하거나 다른 누구에게 주거나 줄 사람도 없으면 그냥 버린다. 나를 자꾸 끌어당기는 물건이 지금 주방에 놓여 있다는 것을 줄곧 의식하면서 스트레스를 받을 필요가 없다. 단맛 나는 간식은 나에게 증상 유발 식품이어서 집에 두면 안 된다. 무슨 뜻인가 하면 나는 초콜릿을 조금만 맛볼 수가 없다. 후속 반응이 유발된다. 혀의 맛봉오리가 자르르 떨리면서 한 통을 다 비우고만 싶어진다. 감자칩처럼 고소한 음식이 유발 식품인 사람도 있으며, 아이스크림인 사람도 많다. 무엇이 나의 유발 식품인지를 아는 게 중요하다. 유발 식품이 있다면 뭐가 됐든 집에서, 손닿는 거리에서 치워버려라.

유발 식품을 피하는 것은 체중감량뿐만 아니라 실망이나 불행감과도 연관된다. 우리의 기분에 영향을 미치기 때문이다.

불행감은 피할 일이다.

스트레스로 인해 과식한다면 그것 때문에 스트레스를 더 느끼면서 시간을 낭비하지 말자. 죄의식은 건너뛰는 것이 더 나은 전략이다. 자신에게 한번 물어보자. "좋았어?" 대답이 "좋았어"라면 자책은 하지 말자. 아무 일 없었던 듯이 그냥 지나가고 다음 식사 때에는 과일과 야채, 기름기 없는 단백질과 통곡물, 콩류를 먹자. 다음날에는 평소의 건강 식단으로 돌아가자. 식사란 완벽하지 않아도 된다. 여러분도 마찬가지다. 한 끼를 건강하지 않게 먹었다고 건강한 생활방식이 결딴나지는 않는다. 대략 80퍼센트를 건강하게 먹으면 늘 몸 상태가 좋을 것이다.

만일 대답이 "아니야"라면 즐겁지도 않은데 괜히 건강에 나쁜 간식을 먹었다는 기록을 남겨 다음번에 참고하자.

합당하고 건강한 식품을 선택했을 때 더불어 찾아오는 좋은 기분을 꼭 기억하자. 건강에 좋은 음식을 적당량 섭취하면 에너지가 넘치고 충만감도 느낄 것이다.

집에 있으면 건강식을 계획하기가 훨씬 쉬워진다. 건강한 식습관을 저해할 음식에는 절대로 돈을 쓰지 말자. 아이들이 있으면 자신보다는 아이들이 좋아하는 간식을 사자. 손주들에게 간식을 주고 싶으면 나는 작은 아이스크림이나 쿠키 한 개를 고르게 한다. 그러면 한 통을 다 먹어치우는 불상사를 막을 수 있다.

나를 약하게 만드는 것을 파악하고 멀리한다면 날마다 몸이 더 좋아질 것이다.

계속 몸을 움직여주자

즐거운 활동 선택하기

집에 있으면 매일 산책을 한다. 사실은 강아지가 원하는 대로 매일 네 번씩 짧은 산책을 하는 건데 내게도 유익하다. 상쾌한 산책 후에는 기분이 정말 좋다. 델 레이도 그럴 것이다.

나는 날마다 일정 유형의 활동을 하라고 권장한다. 대신 몸이 아플 정도로 무리하는 것은 반대다. 고통을 감내해야 신체적 건강을 유지할 수 있는 것은 아니다. 이 또한 배우는 데 한참 걸렸다.

운동에는 워낙 소질이 없었다. 어린 시절에 내가 책벌레라면 케이는 운동신경이 좋아 체육을 잘했는데 제 엄마를 닮아 조카들도 그렇다. 안타깝게도 나는 그렇지 않았고 아이들도 나를 닮아 운동과는 거리가 멀다.

나날의 활동에도 계획이 있어야 한다. 전혀 활동적이지 못한 고객들에게는 그나마 의욕이 생기는 게 무엇인지 찾아봐주곤 했다. 산책, 조깅, 테니스, 아니면 피트니스 클럽 가기를 좋아하는지. 뭐가 됐든 즐겁게 해야 했다. 비만 정도가 심하면 하루 30분씩 천천히 걸어보라고 했다. 먼저 10에서 20킬로그램을 감량하기 전에 심장이나 무릎, 허리에 무리가 가서는 안 됐다.

어떤 활동도 할 시간이 없다면 제자리에서 걷거나 텔레비전을 보며 스트레칭을 하라고 했다. 아이들이 어렸을 때 나도 그렇게 했다. 피트니스 클럽은 아이들이 자라고 회비를 낼 형편이 된 40대 중반에야 가기 시작했다. 제 친구들 앞에서 내가 제자리뛰기 운동을 하는 게 아이들은 창피했겠지만 상관없었다.

활동량이 많다고 곧바로 체중이 빠지지는 않지만 몸 컨디션을 올려보려는 의지 자체가 체중감량에 도움이 될 수 있다. 건강을 위해서도 몸을 움직이는 건 필수다. 이 책을 쓰는 요즘도 나는 거실에 요가 매트를 깔고 스트레칭을 하고 강아지와 산책을 하고 매일 40분씩 운동을 꼭 하고 있다(실내 자전거 타기 30분, 그리고 가벼운 웨이트 운동을 10분 한다).

첫 책을 쓰던 당시 계단 오르내리기 운동을 하고 밤에 요가 수업을 듣는 등 운동을 많이 했다. 너무 과하게 하는 바람에 엉덩이에 통증이 왔다. 그래서 당연히 운동을 더 열심히 했는데 허벅지를 거쳐 오른쪽 다리까지 통증이 내려왔다. 너무 아파서 무릎을 만지지도 못할 지경이었다. 바닥에 뭔가가 떨어지면 며칠 기다렸다가 손바닥과 무릎을 바닥에 대고 간신히 집어들곤 했다. 욕조에 들어가려면 30분이 걸렸다. 한쪽 다리에 찾아온 이런 극심한 작열감은 느껴보지 않고는 모를 통증이었다. 멀쩡해 보이는데 앉지도 일어서지도 못하는 꼴이었다. 척추 지압소 여섯 군데를 가보았으나 추간판 탈출이 두 군데나 있다는 이유로 조정을 꺼렸다. 마사지 치료사를 찾아갔더니 아예 손도 안 대려고 했다. 통증 없이 걸을 수는 있었지만 그 밖에 어떤 움직임이건 다리에 불같은 고통을 남겼다. 건강해 보이면서 아프다고 호소하기도 거북하기만 했다.

신경과 전문의인 오빠에게 전화했더니 신경외과 의사를 소개해주었다.

다행히 캐나다에선 외과의들이 수술을 해야 수입이 느는 것이 아니라서 꼭 필요하지 않으면 수술하지 않았다.

발이 저리지 않다면, 다시 말해서 신경이 폐사하고 있는 게 아니라면 굳이 수술을 하고 싶지 않다고 외과의가 말했다. 어떻게든 상관없으니 제발 통증만 멈추게 해달라고 말했다. 수술을 쉽게 결정하는 의사가 아니었던 것이 지금 생각하면 고맙다. 통증은 여덟 달 만에 멈추었다. 내 주변에는 허리 수술을 받았지만, 통증을 좀 견디고 수술을 안 했더라면 좋았겠다 싶은 친구들이 많다.

나는 아직 일을 해야 했다. 패션쇼 무대에 서려면 상의와 하의를 입혀줄 의상 조수가 각각 한 명씩 필요했다. 하루에 패션쇼를 여덟 번 오르기도 했다. 하나가 끝나고 다음 쇼가 시작되기 전 의자에 발을 올려놓고 바닥에 드러누워 쉬었다. 가만히 서 있을 때는 말짱해 보였으니 그렇게 아프다는 걸 모두 믿기 어려워했다.

어느 회사에 컨설팅을 해줄 때였는데 필라델피아에서 열리는 연구 모임에 가서 과학자들의 말을 꼭 들어보고 싶었다. 비행은 몹시 고통스러웠으나 그것 때문에 기회를 놓칠 수는 없었다. 허리방석을 가져가 자리에 앉을 때마다 사용했다.

회의장에 가서는 바닥에 누워 있어야 했다.

회의가 끝나고 다 함께 저녁을 먹으러 갔다.

과학자들 중 한 사람이 말했다. "다행히 메이 자리는 필요가 없겠네요. 바닥 자리면 충분할 테니까 말이에요."

절대 회복이 안 될 것만 같았다. 조깅이나 운동하는 사람들을 보면서 '나는 다시는 저렇게 못하겠지' 하는 생각에 울적해했다. 통증 없이 몸을 움직이고 앉을 수 있는 사람들이 부럽기만 했다. 통증 없이 움직이는 것, 그것만 이루어지면 더 바랄 게 없었다.

여섯 달쯤 지나자 상체를 굽혀 무릎을 만질 수 있을 만큼 좋아지는 기미가 보였다. 여덟 달째에는 발까지 만져지면서 제대로 샤워를 할 수 있었다.

이 경험을 통해 몸이 들려주는 소리에 귀를 기울여야 한다는 사실을 배웠다.

통증을 무시해 넘기면 안 된다. 운동 일정이 너무 야심 차지 않은지, 운동기구가 너무 무겁지는 않은지 살펴봐야 한다. 자꾸만 더 많이 하려고 들 필요가 없다. 그냥 움직여주면 된다. 지나친 운동은 부상을 불러오기 쉽다.

손주들하고도 마찬가지다.

최근 손주 녀석들을 쫓아 계단을 오르다 모퉁이를 돌면서 무릎을 삐끗했다. 몹시 심한 통증에 다리가 절뚝거렸다. 무슨 일이 일어난 건지 몰라 당연히 인터넷 박사를 찾아가보니 노인이 됐건 정예 운동선수가 됐건 무릎 부상은 입을 수 있다는 것이다.

정예 운동선수처럼 굴더니 꼴좋구나 싶었다.

운동 실력도 좋고 무릎 수술도 여러 차례 한 킴벌의 친구들이 아마도 무릎을 수술해야 할 것 같다고 말했다. 6주면 회복할 수 있다고 했다. 나는 그렇게 허비할 시간이 없다고 말했다. 불과 2주 후 뉴욕 패션위크 무대에 올라야 했기 때문이다.

인터넷 박사의 제안대로 무릎에 얼음 팩을 대고 올린 자세를 유지했다.

가봉을 하러 갔는데 "계단이 굉장히 많거든요"라고들 했다. 걸을 수는 있어도 계단을 오르내리기에는 통증이 아직 심했으므로 나는 기겁을 했다.

패션쇼 장소였던 메트 오페라 하우스에는 위로 4층, 아래로 4층의 계단이 있었다. 나는 그것들을 네 번씩 오르내려야 했다. 단화를 얻어 신을 수 있었던 게 그나마 다행이었다. 프로답게 불평 없이 통증을 견뎠지만 정말 아팠다.

패션쇼를 마치고 집에 돌아와 주치의에게 전화를 걸었더니 무릎에 통증 완화 크림을 바르고 정형외과 의사를 만나라는 지시가 내려왔다. 무릎을 접질린 것뿐이고 차차 나을 거라고 정형외과 의사가 말했다. 수술은 필요 없었다.

나는 건강했기에 어려운 시기를 여러 번 이겨내고 성공할 수 있었다. 아이들도 마찬가지다. 그래서 정말 감사하다. 감기나 접질림처럼 아무리 사소해도 몸에 문제가 발생하면 최소 며칠은 활동하기 어렵다. 그때 비로소 건강이 전부라는 것을 깨닫는다.

이제는 나를 너무 몰아세우지 않는다. 실내 자전거로 운동하다 무릎이 아프면 트레드밀 위를 걷는다. 그것도 아프면 스트레칭과 웨이트 운동을 한다. 하루이틀 후에는 다시 통증 없이 실내 자전거에 올라갈 수 있다. 손주들을 쫓아 달릴 때도 조금 더 조심한다. 무릎이 아프면 무릎 보호대를 착용한다.

정예 운동선수들처럼.

행복한 사람들과 어울리자

건강한 관계는 건강에도 좋다

영양사로 일하며 만난 고객들은 정신과 상담보다 내가 싸게 먹혔다고 말하곤 했다. 식생활을 개선하면서 기분이 좋아지고 튼튼해지고 자신감도 올라갔기 때문이다. 감정은 신체건강에 큰 영향을 미친다. 불행한 기분일 때는 건강한 식생활을 위한 기운도 에너지도 훨씬 찾기가 어렵다. '위로가 되는 음식'에만 손이 가는데 하나같이 기름진 것들이다.

나를 행복하게 해주는 친구, 가족과 어울리는 것이 건강에도 아주 유익하다. 내가 과학자로서 연구한 건 아니지만 일종의 상식이다. 좋은 관계를 유지하고 있을 때 몸도 건강한 느낌이 든다. 그렇지 않을 때는 기진맥진하고 울적하다.

나는 운좋게도 행복한 가족과 확대가족을 누리고 산다. 우리는 함께 시간 보내기를 좋아하고 배를 잡고 깔깔 웃는다. 가족을 보살피는 일의 가치는 어머니가 모범으로 보여준 덕분에 내 안에 깊이 각인되어 있다. 우리를 잘 거둬먹이고 다양한 관심사를 탐험하도록 권했을뿐더러 우리 자신의 아이들을 잘 보살피도록 도와주셨다. 이혼수속중이던 나에게 어머니는 말씀하셨다. "가족이 먼저다." 다른 무엇보다 아이들을 최우선으로 삼아야 한다는 뜻이었다.

아이들을 생각해 결혼생활을 유지했던 나는 아이들을 위해 이혼했다.

“가족이 먼저다”는 우리의 행동 원칙이다. 정기적인 모임을 우리는 중요하게 생각한다. 여러 도시에 흩어져 바쁘게 살아가는 사람 마흔 명이 한데 모이기란 쉽지 않지만 우선 사항으로 삼는다.

우리 확대가족 모두가 코스타리카로 여행을 떠난 해도 있고 스페인의 코스타브라바로 떠난 해도 있었다. 작은 호텔을 통째로 잡아 함께 묵을 수 있는 곳을 주로 고른다.

이렇게 우리가 즐거운 시간을 보낼 수 있는 이유 중 하나는 각자 원하는 것을 할 수 있는 여지가 있어서다. 운동을 하는 사람도 있고 책을 읽는 사람도 있다. 수영을 하러 가는 사람도 있고 산책을 가는 사람도 있다. 낮잠을 자는 사람도, 먹는 사람도 있다. 이런 여행길에서 배우는 것은 우리를 사랑하는 사람과 함께 지내면서 각자 원하는 일을 해도 좋다는 사실이다. 우리는 서로에게 매달리지 않는다. 어떤 활동이 준비되면 참여해도 좋고 빠져도 괜찮다. 휴대전화나 노트북컴퓨터를 들여다보며 시간을 보내고 싶다? 그것도 오케이다.

해질녘이면 케이는 혼자 수영을 하러 갔다. 하루에 세 시간씩 수영을 할 수 있는 실력자인데 누가 함께 있거나 아니거나 개의치 않는다. 나도 이따금 따라가지만 속도가 너무 차이 나는데다 나는 30분만 헤엄을 쳐도 지쳐 늘어지는데 케이는 계속 물살을 가르고 나아간다.

인근 마을을 찾아가기도 한다. 누구든 가고 싶은 사람들끼리 간다. 마흔 명이 다 앉을 수 있는 음식점에서 저녁식사를 할 수도 있다.

한번은 마흔 명 모두가 저녁식사 자리에 나왔다. 손주 아이들이 이리저리 뛰어다니며 소란을 피워 혼이 다 나갈 지경이었다.

내가 케이에게 말했다. "너무 시끄러워서 못 견디겠어."

케이가 응수했다. "나도 그래!"

우리는 샌드위치를 들고 해변으로 가 앉아 바다를 바라보며 평화로운 저녁을 함께 즐겼다.

나와 우리 아이들, 손주들만 모일 때도 있다. 토스카가 쌍둥이를 출산한 해 추수감사절에 우리는 일론의 집에서 명절을 보내기로 했다.

그런데 일론이 스페이스엑스가 로켓을 발사하는 현장에 우리 모두 와주기를 바랐다. 발사 전날 저녁에 받은 이메일에 "내일 아침 올랜도행 비행기표를 예약해뒀어요"라고 적혀 있었다.

토스카에게 전화해보니 벌써 잠자리에 든 후였다. 간신히 유모에게 연락이 닿아 부탁했다. "토스카의 콘도에 가서 아침 6시에 깨워주세요. 아침 7시까지는 공항에 도착해야 한다고 전해주고요."

느닷없이 변경된 여행 계획에 모두들 정신이 없었다. 게다가 빽빽 울어대는 갓난아기가 둘이었다. 우리는 할 수 있는 한 아기들을 달래며 주변 승객들에게 미안함을 표했다.

올랜도에 도착해서는 버스를 타고 케이프커내버럴의 로켓 발사장까지 갔다. 그리고 저녁에는 칠면조를 주문해서 미국 항공우주국NASA 건물에 있는 사람들 모두와 나눠먹었다.

나는 언제나 서로 기댈 수 있고 도움을 줄 수 있는 우리 친밀한 가족을 사랑한다. 어려운 시기도 많았지만 함께 버티고 이겨냈다. 그것만도 정말 값지다. 자기 가족은 아주 심술궂다고 말하는 사람들을 가끔 만나는데 실제로 서로 모욕을 주고받는 모습을 보기 전까진 믿을 수가 없었다. 전남편 집안 식구들이 떠오른다. 식사 때마다 소리 높인 언쟁이 벌어졌다. 그런 가족이라면 함께 시간을 보내지 않는 것만이 해결책일 것이다. 서로를 불행하게 하는 가족이라면 행복하게 해주는, 웃게 해주는 친구들을 찾아라. 함께해줄 가족이 없어도 그런 친구들이라면 좋을 때나 힘들 때나 우리 편이 되어

줄 것이다.

우리가 서로를 보살필 때 모두에게 혜택이 돌아간다.

신나는 일흔한 살
항상 웃어라

내게는 동년배 친구들도 있고 훨씬 젊은 친구들도 있다. 모두 다 신나게 삶을 살아간다. 나의 소셜미디어 해시태그는 #ItsGreatToBe71이다. 일흔한 살 인생이 너무 신나서 그렇게 지었다.

소셜미디어에 올라오는 글로 짐작건대 사람들은 나이 먹는 걸 두려워하는 것 같다. 하지만 내 글을 읽고 자신의 앞날과 얼굴의 주름을 덜 걱정하게 됐다는 이들을 본다. 왜 내가 내 나이를 즐기는지, 나이든 사람들이 존중받고 인정받고 퇴물 취급받지 않으며 스타일을 유지해야 하는 이유는 무엇인지에 대한 인터뷰도 많이 한다.

나이드는 게 두렵지 않은 것은 지난 삶을 되돌아보면 새로운 10년이 그 앞 10년보다 좋았기 때문이기도 하다. 사랑스러운 세 아이를 얻은 것을 빼고는 나의 20대는 끔찍한 시기였다. 30대에도 상당히 나빴다. 40대에는 살아남기 위해 발버둥치며 바삐 살았다. 50대에는 뉴욕으로 이주해 사업을 시작하고 친구들을 사귀었다. 60대에는 아이들과 손주들, 그리고 일까지 모두 더 안정됐다. 그리고 지금 나는 어느 때보다도 바쁘다. 예상하지 못한 일이지만 즐겁기 짝이 없다.

어머니가 보여준 본보기 덕분이기도 하다. 아버지가 돌아가셨을 때 어머니는 예순한 살이셨다. 아버지는 일흔셋 연세에 케이의 남편과 함께 비행기 사고로 세상을 떠났다. 믿기지 않을 정도로 끔찍한 비극이었다. 우리에게 아버지는 슈퍼맨과 같았다.

금슬이 남다른 두 분이었으므로 어머니가 결코 회복하지 못하실 줄 알았다. 늘 곁에서 아버지를 돕고 보살피던 어머니였기 때문에 이제 어떻게 하실지 걱정이 많이 됐다. 그건 우리 기우였다. 어머니는 그야말로 활짝 피어났다. 60대 중반에 미술 강습을 받기 시작했고 목각과 도예와 회화까지 손을 댔다. 전국을 여행하며 풍경과 건물들을 유화와 수채화에 담았다. 프리토리아에서 정기적으로 전시회도 열었다.

사진작가로도 활동하며 사진 전시회를 열었고 상도 받으셨다. 사막을 배경으로 찍은 우리 사진 중에서 아름다운 것들을 쉽게 찾을 수 있다. 어머니의 재능을 우리는 잘 몰랐다. 어머니는 나에게 은발만 물려주었지 예술적 재능은 주지 않으셨다. 70대에는 에칭을 시작하셨다. 금속판과 바늘과 각종 화학물질과 기계를 사용해 조각한 다음 종이에 눌러 찍는 고난도 작업이었다. 어머니는 장비를 장만한 다음 사용법을 모두 익혔다. 남아프리카공화국의 『미술가 인명사전Who's Who Book of Artists』에도 이름을 올렸다. 낮이고 밤이고 작업에 몰두하면서 미술가로서 22년간 활동하셨다.

나는 예순여덟 살에 캐나다로 돌아가 새로 출발했다. 집2가 매각되자 어머니와 언니를 캐나다로 초청해 가까이 지낼 수 있을 만한 자금이 마련됐다. 어머니가 친구들을 그리워할 거라고 우려하는 사람들도 있었으나 전화를 드려봤더니 어차피 다 저세상 사람들이 됐다며 괜찮다고 하셨다. 여전히 그림을 그리고 에칭도 계속하며(장비를 모두 가져왔다) 전시회도 꾸준히 여셨다. 당시 어머니와 함께 살며 무용을 가르치던 린 언니 또한 쉰아홉의 나이에 디지털아트를 시작했다. 어머니로 말하면 그뿐이 아니었다.

아흔넷에 수전증으로 순수미술이 힘겨워지자 포기하기보다는 기술을 이용해 디지털아트를 배우셨다. 그조차 손이 떨려 어렵게 되자 아흔여섯 살 되던 해에 은퇴하여 독서에 몰두했고 우리의 여행지를 지도에 짚어보셨다. 90대의 어머니는 이렇게 행복해본 적이 없다고 했다. 우리도 모두 앞날을 기대하고 살아도 좋다는 뜻이 아닐까 싶다.

앨버타주의 조그만 마을에서 노인 사교 모임 '올디스oldies' 다과회에 어머니를 모시고 간 적이 있다. 다들 불평만 늘어놓는, 지겹기 짝이 없는 경험이었다.

모임에서 나와 어머니에게 여쭤보았다. "나이가 들수록 저렇게 짜증을 부리는 걸까요?"

어머니가 말씀하셨다. "아니야, 저 사람들은 젊었을 때도 짜증을 부렸을 거야."

짜증이 많은 성격이라면 지금부터 고쳐보는 연습을 시작하자. 그러지 않으면 나이들어서도 짜증만 부리며 살게 될지 모른다.

어머니는 정말로 놀라운 분이었다. 기지를 잃지 않고 아흔여덟 살까지 지내시다 육체가 쇠하면서 돌아가셨다. 함께 살던 케이에 따르면 그날 아침에는 소리내어 웃으셨단다. 어머니는 나이드는 걸 절대로 두려워하지 않았다. 그런 말씀은 아예 없었다. 외양도 항상 멋졌다. 언제나 화사한 붉은 립스틱을 발랐으며 귀걸이를 걸고 외출하기를 즐겼다. 연세가 드시고는 길고 탐스러운 백발이 아름다우셨다. 옷도 잘 차려입으셨다(옷에 물감 얼룩이 지곤 했지만).

어머니는 또 늘 긍정적이었다. 그러고 보면 아버지도 그랬다. 내 기억에 언제나 기쁨을 찾는 분이었던 아버지는 명함 뒷면에 '항상 웃어라'라는 글귀를 박아놓을 정도였다. 아버지는 무슨 일에든 이 정신을 적용했다. 두 분은 언성을 높이는 법이 없었고, 다투는 소리도 들어본 적 없다.

살 만큼 살다보면 같은 문제가 되풀이되곤 한다. 끔찍한 이야기를 듣거나 누군가에게 형편없는 취급을 당하면 잠시 쉬어가보자. 처음 겪으면 정말 속이 상한다. 그러던 것이 다음번에는 속이 덜 상하더니 이제는 웃어넘길 수 있다.

대가족이니 당연하지만 상도 당해보았다. 처음에는 충격이 엄청나다. 회복하지 못할 것 같지만 결국은 회복한다. 돌아가신 분들 이야기도 담담히 할 수 있을 정도다. 이 또한 나이들어 좋은 점 중 하나다.

대장암에 걸린 언니를 찾아갈 때마다 강아지를 데리고 갔는데 강아지도 나이를 먹고 병이 들었다. 몹시 속상해하는 나에게 언니가 "너는 네 강아지보다는 오래 살아야 해"라고 말했다. 꼭 그러려고 한다. 언니가 떠나고 난 지금도 이 생각을 하면 정신이 번쩍 들곤 한다. 언니는 끝까지 유머 감각을 잃지 않았다. 슈퍼마켓에 데려갔던 날, 쇠약해진 언니는 카트를 잡고 기대야 했다. 지나가던 아는 사람이 살이 빠진 것 같아 좋아 보인다면서 무슨 다이어트를 하는지 물었다. 언니는 "암이요!" 하고 웃음을 터뜨렸다.

일흔번째 생일을 맞아 파티가 둘이나 열렸다. 뉴욕 파티는 커버걸과 『하퍼스 바자』가 마련해준 것으로 패션업계 사람들, 모델들, 거기 살 때 알고 지내던 친구들로 가득했다. 로스앤젤레스에서는 일론과 킴벌, 토스카가 성대한 파티를 열어주었다. 아름다운 날이었다. 평생의 사진을 모은 슬라이드쇼가 돌아갔고 집밖에는 풍선 장식과 특별 칵테일 바와 아이스크림 스탠드가 설치됐으며 직업 무용수들과 디제이와 색소폰 주자가 고용됐다. 나는 수많은 친구와 가족에 둘러싸였다. 열한 살 때 옛 고향에서 만나던 학교 친구까지 와 있었다. 일론은 테슬라의 기가팩토리에서 티셔츠 차림으로 달려왔으며, 가장 친한 친구인 줄리아도 남편과 같이 참석했다. 긴 세월을 함께 일해온 영양사 동료들은 치하와 감사의 말을 담아 따뜻한 앨범까지 만들어줬다. 감격에 눈물이 쏟아졌다.

내게서 뭔가 배울 걸 찾는다면 이걸로 하자. 나이드는 걸 두려워하지 말고, 나이드는 걸 두려워하지 않는 친구들과 어울려라. 당신이 매혹적이고 흥미롭고 지적이고 자신감이 넘치고 어쩌면 스타일까지 멋져서(여러분만의 착각일까?) 당신을 좋아하는 모든 연령대의 친구들과 즐겁게 지내라. 나이에 상관없이 다른 사람의 말에 귀를 기울이고 잘 대해주라. 누가 여러분에게 너무 늙었다고 하면, 그 사람과 혹시 사귀는 중이라면 더더욱, 헤어져라.

나이가 든다는 건 멋진 일이다. 나이가 들수록 우리는 더 지혜로워지고, 더 자신 있어진다(이것은 나에게도 신선한 충격이었다). 얼간이들은 한시바삐 우리 인생에서 제거해야 한다는 것도 잘 안다. 그리고 내 생각에 나는 아주 열심히 앞날을 고대한다.

지금의 나는 생애 최고의 시간을 살고 있다. 무엇보다도 다른 여성들 또한 더 나은 삶을 살 수 있기를 바라는 마음으로 이 책을 썼다. 그래서 흡족하다. 모쪼록 여러분도 그랬으면 좋겠다.

나는 70대에 인생을 시작했다. 이제 또 무엇이 나를 기다리고 있을지 너무나 궁금하다.

맺음말

계획을 세워라
지금 시작하자

이 책을 쓰기 시작할 즈음, 뉴욕 여행을 갔다. 편집자와 점심을 먹고 커버걸 출시 행사에 가고 『얼루어』지 편집장과 팟캐스트를 녹음했다. 줄리아도 함께 가 의상을 골라주었다.

무척 아름다운 호텔에 묵었다. 영화 촬영중이던 토스카와 통화를 마치고 마침 그 주에 음식점을 개업한 킴벌에게 문자를 보낸 뒤 로비에 앉아 일론의 회사 스페이스엑스가 로켓을 발사하는 장면을 아이패드로 지켜보며 자랑스러워했다. 문득 이 호텔에 와봤다는 생각이 들었다. 뉴욕에 살던 50대 시절, 영양사 사업을 막 시작한 무렵이었다.

패션 화보 촬영차 뉴욕에 와서 바로 그 호텔에 묵었던 것이다. 호텔이야 별로 달라진 게 없어 보였지만 아마 나는 많이 달라져 있었을 것이다. 내 상황도 달라져 있었다.

촬영을 마치고 모두들 레스토랑 안에 있는 바로 술 한잔씩 하러 갔었다. 나도 끼고 싶었지만 술값을 낼 돈이 없어서 먼저 자리를 떴다. 누군가 대신 내줬을 수도 있겠지만 아무도 나서지 않으면 어쩌나. 그래서 먼저 떠났다. 뭐든 할 형편이 안 되면 하지 말아야 한다. 박탈감이 느껴지지도 내가 가엾지도 않았다. "언젠가 돌아오리라!" 하고 이를 악물고 선언하지도 않았다. 만일 돌아온대도 이렇게 달라져서 돌아오리라고는 꿈도 못 꿨다.

그저 새로 계획을 세우고 앞으로 나아가며 열심히 일했을 따름이다.

어쩌면 이것이 내가 매일 아침 낙관적인 기분으로 잠에서 깨는 이유인지 모른다. 나는 호사도 누려봤고 무일푼 신세로도 살아봤기에 앞일이 어떻게 펼쳐질지 누구도 모른다는 걸 안다. 나는 건강하고 일이 즐거우며 가족을 사랑하고 좋은 친구들이 있다.

건강에도 일에도 그리고 인생에도 즉효약이란 없다. 우리가 할 수 있는 건 다만 열심히 일하고 낙관적인 태도를 가지고 정직하게 임하는 것, 상식을 가지는 것, 그리고 계획이다.

계획을 세운다고 항상 그대로 실현되는 것도 아니다. 그러면 다른 계획을 세워야 한다. 인생은 롤러코스터라는 말도 있듯이 우리네 삶은 좋은 시기도 나쁜 시기도 있을 수밖에 없다. 좋은 시기는 천국 같고 나쁜 시기는 지옥 같을 것이다. 나쁜 시기에 처해 있을 때에는 기어올라갈 계획이 필요하다. 나이를 먹을수록 나쁜 시기도 덜 비참하고 덜 고통스러우며 덜 아리다. 이미 다 겪어봐서 그렇다.

언제 행복하고 싶은지 스스로 결정해야 한다. 과연 그게 언제일까? 커리어의 전환을, 더 건강해지기를, 행복한 가족과 친구 갖기를, 우리 삶을 사랑하기를 대체 왜 미뤄야 하는가. 결코 행복해질 수 없을 거라고 생각한 적이 가끔 있었다. 아주 영영 말이다. 그래도 벗어나기 위한 계획을 세웠다. 불행한 환경에서 허우적대는 것은 사는 게 아니기 때문이다. 그러니 지금 바로 계획을 세우시라!

지적이고 근면하고 온유하고 지혜롭고 자신감 있는 여성의 본보기를 훌륭히 보여주신 나의 돌아가신 어머니. 24년 전 내가 낸 첫 책을 한 줄 한 줄 소리내어 읽으셨던 분이다. 이번 책도 기쁘게 맞아주시리라 확신한다.

책을 쓰라고 2년 동안 등을 떠밀어준 카네사 틱스에게 감사드린다. 함께 전 세계를 여행하며 미디어에 응하고 새로 알게 된 분들과 강연에 참석해준 청중에게 내 이야기를 전하기 전까지는 중요한 메시지가 없을 것만 같았다.

나와 함께 일하게 되어 무척 기뻐하던 출판 에이전트 페이지 시슬리와 샐리 하딩에게 감사드린다. 내 이전 책을 좋게 봐주고 더 중요한 이야기가 남아 있을 거라고 믿어주었다.

나를 멋지게 꾸며주고 늘 최고만을 주고 싶어하는 나의 스타일리스트이자 최고의 친구 줄리아 페리에게 감사드린다. 이번을 포함해 내 모든 계약을 점검해주고 법적 하자가 없도록 수고해준 알리 그레이스 마쿼트에게 감사드린다.

내 이야기를 받아 각 장별로 분류해준 샌드라 바크에게 감사드린다.

이 책의 모든 장이 흥미진진하도록 그리고 전달하고자 하는 메시지가 분명하도록 여러 주에 걸쳐 수고해준 편집자 에밀리 원덜리크에게 감사드린다.

메이 머스크: 여자는 계획을 세운다

1판 1쇄 2021년 12월 17일
1판 4쇄 2022년 6월 21일

지은이 메이 머스크 | 옮긴이 김재성
책임편집 구민정 | 편집 김윤지 이희연
디자인 고은이 최미영 | 저작권 박지영 형소진 이영은 김하림
마케팅 정민호 이숙재 박치우 한민아 김혜연 박지영 안남영 김수현 정경주
브랜딩 함유지 함근아 김희숙 안나연 박민재 박진희 정승민
제작 강신은 김동욱 임현식 | 제작처 영신사

펴낸곳 (주)문학동네 | 펴낸이 김소영
출판등록 1993년 10월 22일 제2003-000045호
주소 10881 경기도 파주시 회동길 210
전자우편 editor@munhak.com | 대표전화 031) 955-8888 | 팩스 031) 955-8855
문의전화 031) 955-3579(마케팅) 031) 955-2671(편집)
문학동네카페 http://cafe.naver.com/mhdn
인스타그램 @munhakdongne | 트위터 @munhakdongne
북클럽문학동네 http://bookclubmunhak.com

ISBN 978-89-546-8415-6 03840

잘못된 책은 구입하신 서점에서 교환해드립니다.
기타 교환 문의: 031) 955-2661, 3580

www.munhak.com